Dünensommer im Pferdeinternat

Weitere Pferde-Taschenbücher:

Willkommen im Pferdeparadies
Pferdeglück und Sommerträume
Pferdefreunde – für immer!
Pferde, Sommer, Sonnenschein
Sehnsucht, Pferde, Glücksgefühle
Ein Pferdesommer zum Verlieben
Sommer, Sonne, Stallgeflüster
Im Galopp ins Sommerglück
Traumferien im Sattel
Ein Sommer voller Pferdeträume
Sommerträume auf vier Hufen
Ein Paradies für Pferdefreunde
Ferien mit Traumpferd

FSC
www.fsc.org
MIX
Papier aus verantwortungsvollen Quellen
FSC® C014496

ISBN 978-3-7855-8020-2
1. Auflage 2015

Umschlaggestaltung: Franziska Trotzer
Printed in Germany

www.loewe-verlag.de

Tanja Janz

Dünensommer im Pferdeinternat

Loewe

Treffpunkt Muschelkiste und ein Pferd in Not 7

Strandolympiade und ein Gewitterfohlen 141

Treffpunkt Muschelkiste und ein Pferd in Not

Der Traum vom Pferdeinternat

Tami ritt mit Filou unter dem lauten Applaus der Zuschauer in die Bahn ein, hielt kurz vor dem Richtertisch an und grüßte. Dann ließ sie ein letztes Mal den Blick über den Parcours gleiten. Die Hindernisse bestanden aus vier hintereinander aufgebauten Cavalettis, einer kleinen Mauer aus Strohballen, zwei Oxern und einer kleinen Hecke, hinter der sich ein Wassergraben befand. Bis auf das letzte Hindernis dürfte die Strecke ein Kinderspiel für sie und ihr Pony werden. Bei der Hecke kam es darauf an, das optimale Tempo zu erreichen und im richtigen Moment abzuspringen, um nicht im Wasser zu landen. Hoffentlich verweigerte Filou den Sprung nicht wie bereits einige Pferde vor ihm. Denn dann würden sie vielleicht ausscheiden, und das war so ziemlich das Schlimmste, was Tami sich vorstellen konnte.

„Als nächster Reiter startet Tamina Claasen auf Filou mit der Startnummer acht“, hörte sie die Stimme des Turniersprechers über den Platz schallen und eine Sekunde später ertönte auch schon das Startsignal.

Tami hatte keine Zeit, sich weitere Gedanken über mögliche Katastrophen zu machen. Sie galoppierte los und hielt vor Aufregung den Atem an, als sie mit Filou über das erste Hindernis flog. Sie fühlte, wie sich ihre Konzentration auf das Tier übertrug. Sie musste ihm nur den Weg mit den Schenkeln weisen und ihm vertrauen. Filou trug sie auch sicher über das zweite und dritte Hindernis, als wäre das für ihn die leichteste Übung. Tami spürte den Wind in ihrem Haar, und kurz bevor sie die Hecke mit dem Wassergraben erreichten, kniff sie die Augen zusammen ... geschafft!

Als sie mit Filou durch das Ziel ritt, setzte donnernder Applaus ein und dann ...

„Hey! Vorsicht!“, riss eine Männerstimme Tami aus ihren Tagträumen.

Sie saß nämlich weder im Sattel auf dem Rücken eines Pferdes noch befand sie sich als Teilnehmerin auf einem Springturnier. In Wirklichkeit raste sie gerade mit einem Höllentempo die Tidelunder Sandbank entlang und schaffte es im letzten Augenblick, ihren Segelwagen zur Seite zu lenken und einer frontalen Kollision mit einem anderen Strandsegler zu entgehen.

Tami fuhr eine scharfe Kurve und drosselte die Geschwindigkeit, bis ihr dreirädriges Gefährt zum Stillstand kam. Dann nahm sie ihre Sonnenbrille und den Helm ab und lief mit klopfendem Herzen zu dem Mann hinüber, der ebenfalls angehalten hatte.

„Bist du lebensmüde oder einfach nur total irre?“, rief er aufgebracht und sprang aus dem Wagen. Er war ungefähr so alt wie Tamis Vater und stand noch sichtlich unter Schock.

„Entschuldigung. Das wollte ich nicht.“

„Wo warst du nur mit deinen Gedanken, Mädchen? Du bist mir ja wie ein Geisterfahrer entgegengeschossen.“

Die ganze Wahrheit zu erzählen – dass sie davon geträumt hatte, mit Filou ein Springturnier zu gewinnen –, schied definitiv aus. „Ich weiß auch nicht, wie mir das passieren konnte. Ich habe … Sie irgendwie nicht gesehen. Es tut mir wirklich leid!" Tami schaute zerknirscht auf ihre Schuhspitzen.

„Hm." Der Mann sah sie prüfend an. „Seit wann segelst du?"

„Seitdem ich acht bin. Ich kenne den Strand wie meine Westentasche."

Der Mann legte seine Stirn in Falten. „Ach, du kommst von hier? Bist also keine Touristin?", fragte er überrascht.

„Nein. Ich bin in Tidelund geboren."

„So ist das also." Der Mann kniff die Augen zusammen und fuhr sich mit einer Hand über die Stirn. „Na gut. Dann will ich dieses Mal ein Auge zudrücken. Aber nur unter der Bedingung, dass du mir versprichst, zukünftig besser aufzupassen."

„Das verspreche ich. Ehrenwort!", sagte Tami schuldbewusst und nickte bekräftigend.

Der Mann setzte erst seinen Helm und dann die verspiegelte Sonnenbrille auf, bevor er wieder im Segelwagen Platz nahm, kurz zum Abschied grüßte und dann davonbrauste.

Puh, das war wirklich knapp gewesen! Tami atmete erleichtert auf und fuhr im nächsten Moment herum, als hinter ihr jemand zu klatschen begann.

Vor ihr stand ein Junge, der applaudierte und sie dabei schief angrinste. Sein von der Sonne ausgeblichenes Haar stand wild in alle Himmelsrichtungen ab und seine blauen Augen funkelten abenteuerlustig. Neben ihm im Sand lag ein Surfbrett mit einem bunten Segel. „Alle Achtung!“, meinte er anerkennend und zog die Augenbrauen hoch.

„Wie bitte?“, fragte Tami verwirrt und starrte ihn an, als wäre er eins der sieben Weltwunder.

„Dein Fahrstil gefällt mir. Du bist echt mutig. Falls du es mal mit Surfen probieren willst, komm in der Surfschule vorbei und frag nach mir.“ Ohne ein weiteres Wort hob er das Board hoch, um es Richtung Meer zu tragen.

„Und wie heißt du?“, rief Tami ihm hinterher.

Er schaute über die Schulter zurück. „Frag einfach nach Marlon.“ Dann zwinkerte er ihr zu und setzte seinen Weg zum Wasser fort.

Tami blickte ihm so lange nach, bis er die Brandung erreicht hatte und sich geübt auf das Board schwang. Marlon? Hieß so nicht der Sohn von Sturms, denen das Hotel Fährhaus in Tidelund gehörte? Ging er nicht auch, wie Marit, aufs Nordlicht? Bei dem Gedanken an Marit fiel ihr siedend heiß ein, dass sie ja gleich mit ihr verabredet war, um die Pferde von der Koppel zu holen. Und vorher musste sie noch den Strandsegelwagen zurückgeben.

Wenig später schwang sich Tami auf ihren Drahtesel, den sie an einem Pfahlbau am Strand angekettet hatte, und fuhr auf dem Deich entlang bis zu dem vereinbarten Treffpunkt an der Pferdekoppel. Währenddessen musste sie immer wieder an Marlon denken. Wie cool er reagiert hatte. Ganz anders als die Jungs in ihrer Klasse. Die hätten sie vermutlich verpetzt, weil sie beinahe jemanden über den Haufen gefahren hatte. Marlon dagegen war ihr mutiger Fahrstil aufgefallen. Zugegeben, ihre Aktion war eher leichtsinnig als mutig gewesen und um ein Haar wäre es schiefgegangen, doch das musste sie ihm ja nicht auf die Nase binden.

Tami stieg ab, als sie das Gatter erreichte, und lehnte ihr Fahrrad gegen eine Bank, die in der Nähe stand. Dann schaute sie sich um. Auf der Koppel standen sieben Pferde. Eins davon war

Zafira, Tamis Lieblingsstute, die in wenigen Wochen Mutter werden würde und mittlerweile einen kugelrunden Bauch mit sich herumtrug. Von Marit war allerdings weit und breit noch nichts zu sehen.

Tami ließ sich auf die Holzbank sinken und beobachtete ein paar Schafe, die auf dem Deich grasten. Dann ließ sie ihren Blick einige Meter weiter schweifen, zu einem kleinen Skatepark, der zum Nordlicht-Gelände gehörte. Das Nordlicht war ein Internat, dessen Schule aber auch Kinder besuchen konnten, die bei ihren Familien in Tidelund wohnten. Neben dem Schulgebäude und Wohntrakt gehörten zum Internatsgelände noch verschiedene Sportplätze, eine Turnhalle sowie eine große Reitanlage.

Tami seufzte. Wie gerne wäre sie Schülerin am Nordlicht. Dort stand nämlich das Fach Reiten auf dem Stundenplan! Es gab sogar eine Reitklasse, die von Marits Mutter, Frau Kellinghaus, unterrichtet wurde. Marits Eltern gehörte nämlich die Reitschule gleich neben dem Internat, wo der Reitunterricht für die Nordlicht-Schüler stattfand. Doch Tamis Eltern waren von ihrem Wunsch, die Schule zu wechseln, nicht gerade begeistert. Sie befürchteten, dass Tamis Leidenschaft für Pferde sie von den wichtigen Schulfächern ablenken würde. Aber das war natürlich Quatsch! Das Gegenteil wäre der Fall: Sie würde sich bestimmt in jedem Fach um eine Note steigern, wenn sie aufs Nordlicht gehen und endlich reiten lernen dürfte. Insgeheim hoffte Tami, dass ihre Eltern sie mit der Schulanmeldung zu ihrem Geburtstag überraschen würden.

„Hey, du bist ja schon da", sagte Marit, die plötzlich neben der Bank auftauchte, ganz außer Atem.

„Hey, ich habe dich gar nicht kommen sehen."

Marit grinste ihre Freundin wissend an. „Hast du mal wieder vom Pferdeinternat geträumt?"

„Ja. Ein bisschen vielleicht." Tami nickte. Ihrer Freundin konnte sie nichts vormachen.

„Könnte ja sein, dass dein Traum sich morgen endlich erfüllt", meinte Marit und öffnete das Gatter. „Schließlich hast du Geburtstag und da werden Wünsche doch meistens wahr. Oder nicht?"

Tami folgte ihrer Freundin auf die Koppel. „Ich weiß nicht. Bis jetzt haben Mama und Papa nichts davon erwähnt. Und ich will mich nicht darauf freuen und hinterher enttäuscht sein. Verstehst du das?“

„Klar verstehe ich das. Hier, fang!“ Marit warf ihr einen Führstrick zu und blickte sie verschwörerisch an. „Hast du Lust auf ein bisschen heimliches und absolut verbotenes Reiten? So als verfrühtes Geburtstagsgeschenk?“

Und ob Tami Lust hatte! Das ließ sie sich nicht zweimal sagen. Schließlich waren die heimlichen Runden auf der Weide im Moment die einzige Möglichkeit für sie, sich ansatzweise wie eine Reiterin zu fühlen.

In dieser Nacht schlief Tami sehr schlecht. Immer wieder wälzte sie sich von einer Seite zur anderen. Was würde ihr der morgige Tag bringen? Eine pferdige Geburtstagsüberraschung? Oder hielten ihre Eltern weiter an ihren Bedenken fest und ließen sie doch nicht aufs Nordlicht gehen?

Der Geburtstag

„Wann wollte Marit eigentlich kommen?“, fragte Oma und stellte einen Teller mit selbst gebackenen Keksen auf den Esstisch.

„Sie kann erst zum Abendbrot vorbeikommen, weil sie heute Nachmittagsunterricht hat“, erklärte Tami und kaute gedankenverloren auf ihrer Unterlippe herum.

„Nachmittagsunterricht? So etwas hast du nie.“

„Nein.“ Tami schüttelte den Kopf und fügte leise hinzu: „Leider nicht.“

Oma setzte sich auf einen Stuhl. „Leider? Was ist denn mit dir los? Das sind ja ganz neue Töne! Seit wann möchte meine Enkelin freiwillig länger in der Schule bleiben als nötig?“

„Nicht in irgendeiner Schule. Marit geht doch

aufs Nordlicht. Und da steht nachmittags immer Reiten auf dem Stundenplan. Jeden Tag!“

Tami saß mit verschränkten Armen an der festlich gedeckten Kaffeetafel und starrte griesgrämig auf ihren Teller. In der Mitte des Tisches thronte eine kunstvoll dekorierte Schichttorte, deren grüne Schmelzglasur mit bunten Marzipanblüten geschmückt war und wie eine Blumenwiese aussah. Die Seiten waren mit braunem Blockfondant verziert, das wie ein Weidezaun aussah. In die Mitte der Torte hatte Tamis Mutter ein selbst modelliertes Pferd aus Zuckermasse gesetzt. Frau Claasen war gelernte Konditorin und führte zusammen mit ihrer Schwester Inge eine gut gehende Konditorei im Dorf. Für ihre Schichttorten war sie bis weit über die Tidelunder Ortsgrenze hinaus bekannt.

„Möchtest du ein Stück Geburtstagstorte, Tami?“, fragte ihre Mutter und lächelte sie gut gelaunt an.

„Nein danke“, antwortete Tami. Sie war überhaupt nicht in Feierlaune, obwohl der Pferdekuchen total lecker aussah und heute ihr dreizehnter Geburtstag war.

Endlich dreizehn! Das bedeutete für Tami

schließlich nicht nur, ein Teenager zu sein, sondern auch, dass heute vielleicht ihr sehnlichster Wunsch in Erfüllung ging: Schülerin am Küsteninternat Nordlicht werden und endlich richtig reiten lernen! Genau wie ihre Freundin Marit. Vorausgesetzt, die Schulnoten stimmten. Und dafür hatte Tami immerhin richtig hart gearbeitet: Jeden Tag hatte sie Vokabeln und Matheformeln gebüffelt! Doch bisher hatten ihre Eltern kein Wort darüber verloren, dass sie nach den Sommerferien tatsächlich die Schule wechseln durfte. Stattdessen hatte Tami einen Haufen Glückwunschkarten, einen neuen Schulrucksack von Tante Inge, einen Buchgutschein von ihrem Bruder und ein buntes Sommerkleid von ihrer Oma bekommen. Dabei mochte sie überhaupt keine Kleider. Jeans waren viel praktischer im Stall oder wenn sie sich auf das Gatter setzte, um ihre vierhufigen Lieblinge beim Grasen zu beobachten. Eine Reithose mit passenden Stiefeln hätte sie auf jeden Fall besser gefunden. Oder wenigstens eine kleine Andeutung in Form eines Hufeisens … Im Moment hatte Tami jedoch jede Hoffnung aufgegeben.

„Was ist denn, ich dachte, du magst Pfirsichcreme als Tortenfüllung so gerne?“, fragte ihre Mutter und befühlte Tamis Stirn. „Du bist doch nicht etwa krank?“

„Mag ich ja auch. Und nein, ich bin nicht krank.“

Der getigerte Kater Brutus sprang auf Tamis Schoß, rollte sich ein und fing genüsslich an zu schnurren. Tami legte einen Arm um ihn und kraulte ihn am Hals.

„Was ist dann los?“

„Ach, ich bin nur, nur ...“, druckste sie herum und hatte auf einmal das Gefühl, keine Luft mehr zu bekommen. Sie war total enttäuscht und wäre am liebsten weinend aus dem Zimmer gelaufen. „Ich bin irgendwie satt“, antwortete sie stattdessen, obwohl das gar nicht stimmte. Normalerweise verputzte sie locker zwei Stücke Torte – mit reichlich Schlagsahne obendrauf. Aber heute war das anders. Ihre Stimmung war auf dem absoluten Tiefpunkt angelangt. Ihren Geburtstag hatte Tami sich definitiv anders vorgestellt.

„Also bevor die Torte schlecht wird, melde ich mich freiwillig“, sagte Tamis großer Bruder Peer und hielt seiner Mutter grinsend seinen Kuchenteller entgegen.

Peer war schon achtzehn und absolvierte eine Ausbildung zum Konditor im Familienbetrieb. Allerdings beschränkte sich sein Interesse an Torten ausschließlich darauf, sie möglichst schnell und in rauen Mengen zu verspeisen. Im Gegensatz zu seiner Schwester begeisterte sich Peer nur für die Pferdestärken von schnellen Autos. In seinen Träumen lieferte er sich rasante Rennen mit Sebastian Vettel auf halsbrecherischen Formel-1-Strecken, aus denen er am Ende als Sieger hervorging. In Wirklichkeit war er lediglich Weltmeister im Kuchenessen und trotzdem so dünn wie ein Handtuch. Außerdem war er bereits zweimal durch die praktische Führerscheinprüfung gefallen, weil dem Prüfer bei Peers Fahrstil angst und bange geworden war.

„Na gut. Dann bekommst du heute ausnahmsweise das allererste Stück. Aber nur, weil das Geburtstagskind nichts will", sagte seine Mutter. „Euer Vater möchte sicher …"

„… ein extragroßes Stück", vollendete Herr Claasen, der unbemerkt den Raum betreten hatte, den Satz seiner Frau grinsend. Er war groß und sonnengebräunt von seiner täglichen Arbeit bei der Tidelunder Strandaufsicht. In seinen Armen hielt er eine bunt verpackte Schachtel mit einer riesigen Schleife. „Tut mir leid, dass ich es nicht eher geschafft habe. Aber am Strand war mal wieder die Hölle los.“ Er gab Tami einen Kuss auf die Stirn und stellte das Paket auf den Tisch. „Happy birthday, meine Kleine.“

„Oh, danke“, sagte Tami und überlegte, was wohl in dem Päckchen sein könnte. Ein Pferd war es jedenfalls nicht, so viel stand fest.

„Du dachtest wohl, das war schon alles“, rief Tamis Oma und zwinkerte ihrer Enkelin vergnügt zu. Mit einer Hand kraulte sie ihren Hund Fritzchen, der mit heraushängender Zunge neben ihrem Stuhl saß und darauf hoffte, dass für ihn ebenfalls ein Stück Kuchen abfallen würde. Mit der anderen Hand goss sie etwas Milch in ihren Tee. Dann schob sie sich ihre goldgerahmte Brille auf der Nase zurecht, um ihre Enkelin besser beim Auspacken beobachten zu können.

„Horch mal dran. Vielleicht wiehert es ja“, foppte Peer sie und imitierte ein Pferd.

Tami rollte mit den Augen. „Hahaha!“

„Das ist von Mama und mir.“ Herr Claasen warf seinem Sohn einen mahnenden Blick zu.

„Na los! Pack endlich aus! Oder willst du damit bis zu deinem nächsten Geburtstag warten?“ Offensichtlich hätte Peer seiner kleinen Schwester am liebsten die Arbeit abgenommen und das Geschenkpapier selbst aufgerissen.

„Lies aber das hier zuerst.“ Tamis Vater überreichte ihr ein gelbes Kuvert und warf seiner Frau dabei einen geheimnisvollen Blick zu.

„Ihr macht es aber ganz schön spannend“, fand Tami und wendete das zugeklebte Kuvert hin und her. Auch Kater Brutus hob erwartungsvoll den Kopf. „Was wohl in dem Briefumschlag ist?“, rätselte sie. Er fühlte sich leicht an, so als wäre in ihm keine Geburtstagskarte, sondern höchstens ein dünnes Blatt Papier. Ob es etwas war, das mit dem Internat zu tun hatte?

„Hast du gar keine Idee?“, fragte Oma.

Tami schüttelte den Kopf. „Nö. Keine Ahnung.“

„Dann mach ihn am besten auf“, schlug ihr Vater vor und reichte Tami einen Brieföffner.

Sie schlitzte den Umschlag auf und zog aus seinem Innern ein gefaltetes Blatt Papier.

Bei dem Versuch, einen Blick auf den Inhalt des Papiers zu werfen, verrenkte sich Peer fast den Hals. „Was ist es denn? Lies mal vor.“

„Also, hier steht … Oh!“, verschlug es Tami die Sprache. Sie presste sich eine Hand vor den Mund, um einen Schrei zu unterdrücken, und las mit glänzenden Augen, was auf dem Schriftstück stand:

Küsteninternat Nordlicht
Am Deich 4
25826 Tidelund

Schulanmeldung

Name: Claasen
Vorname: Tamina
Straße: Dünenweg 6
Ort: 25826 Tidelund
Grund der Anmeldung: Schulwechsel

Hiermit melden wir unsere Tochter Tamina Claasen ab dem nächsten Schuljahr im Küsteninternat Nordlicht an.

Mit freundlichen Grüßen,
Nicole und Karsten Claasen

„Juhu! Ihr seid die Besten!“ Tami sprang von ihrem Stuhl auf und Brutus hüpfte erschrocken von ihrem Schoß. „’tschuldigung, Dickerchen“, sagte Tami und fiel dann ihren Eltern um den Hals.

„Nicht so stürmisch!“

„Und ich dachte schon, mein Traum würde sich nie erfüllen und die ganze Paukerei wäre umsonst gewesen“, schluchzte Tami überglücklich und drückte das Anmeldeformular gegen ihre Brust, als hätte sie Angst, man könnte es ihr wieder wegnehmen.

Fritzchen sprang schwanzwedelnd an ihr hoch. Er spürte, dass gerade etwas ganz Aufregendes passierte, und da musste er selbstverständlich mit von der Partie sein.

„Wir haben dich natürlich gleich nachdem deine Zeugnisnoten feststanden angemeldet.“

„Das war sogar noch vor den Sommerferien“, fügte Frau Claasen hinzu und reichte ihrer Tochter ein Taschentuch.

„Und ihr habt mir die ganze Zeit nichts gesagt!“, meinte Tami halb empört, halb lachend und tupfte sich die Tränen vom Gesicht.

„Das war gar nicht so leicht. Ich hätte es dir

aus Mitleid am liebsten schon früher verraten, weil du immer so traurig geguckt hast“, sagte Oma, in deren Augen vor Rührung Tränen standen.

„Das hätte ich aber äußerst blöd gefunden, Oma. Dann wäre die ganze Überraschung im Eimer gewesen.“ Peer schüttelte entrüstet den Kopf.

„Heißt das etwa, du hast auch Bescheid gewusst? Die ganze Zeit? Und hast nichts gesagt? Das ist ja echt fies!“ Tami tat, als sei sie furchtbar aufgebracht. „Dabei dachte ich immer, dass Geschwister zusammenhalten müssen. Ein toller großer Bruder bist du!“

„Jap! Von Anfang an wusste ich Bescheid. Und weil ich eben ein toller großer Bruder bin, habe ich das Geheimnis für mich behalten, damit es eine richtige Überraschung werden konnte. Außerdem fand ich es ziemlich witzig, dich zu beobachten, wie dein Gesicht immer länger wurde und du wirklich geglaubt hast, Mama und Papa hätten nicht an ihr Versprechen gedacht. Du hättest dich mal sehen sollen“, feixte Peer und stopfte sich mit der Gabel ein weiteres Stück Geburtstagstorte in den Mund.

„Na warte! Bei der nächsten Gelegenheit werde ich mich revanchieren, Bruderherz." Tami grinste und knuffte Peer in die Seite. „Darauf kannst du dich verlassen."

„Aber jetzt pack doch endlich mal dein anderes Geschenk aus. Ich bin schon ganz neugierig, was da wohl drin ist", warf Oma ein und tat ahnungslos.

Nachdem Tami den Karton vom Geschenkpapier befreit und die Klebebänder entfernt hatte, klappte sie die oberen Laschen auseinander und schaute auf den Inhalt der Pappkiste. „Oh, wow!", entfuhr es ihr. „Ein Reithelm und Handschuhe. Oh, klasse! Da ist ja auch noch eine Reithose in Taubenblau drin. Mensch! Danke! So eine wollte ich schon immer haben. Marit hat auch eine Reithose in der Farbe."

„Dann könnt ihr ja jetzt im Partnerlook gehen", kommentierte Peer trocken die Begeisterung seiner Schwester und verdrehte die Augen. „Mädchen!"

Als Nächstes zog Tami freudestrahlend ein Paar Reitstiefel aus dem Karton.

„Sie sind aus Gummi, weil deine Füße ja noch wachsen. Später, wenn du ausgewachsen bist, kannst du dir dann Lederstiefel kaufen“, erklärte ihre Mutter.

Tami entdeckte außerdem noch eine blaue Plastikbox und beförderte aus ihr einen Mähnenkamm, Hufkratzer, Striegel und eine Kardätsche zutage. „Super! Dann habe ich endlich auch mein eigenes Putzzeug.“

„Und eine Gerte von mir, wenn die Hottehüs mal nicht so wollen, wie Prinzessin es sich wünscht“, grinste Peer und überreichte ihr einen Reitstock, um den er ein buntes Geschenkband so geknotet hatte, dass es mit viel Fantasie wie eine Schleife aussah.

„Die eignet sich bestimmt auch hervorragend für große Brüder, wenn sie ihre kleinen Schwestern zu sehr ärgern“, drohte Tami lachend.

„So, ihr Lieben. Ich weiß ja nicht, wie es euch geht, aber ich habe einen Bärenhunger.“ Herr Claasen rieb sich die Hände. „Ist noch Torte da?“

„Natürlich. Mindestens für zwei Geburtstage, Papa“, sagte Tami.

„Sag das mal nicht zu laut, solange dein Bruder mit uns am Tisch sitzt.“

Peer zuckte mit den Schultern. „Und wennschon. Bei mir verkommt eben nichts.“

„Iss mal, Junge. Du kannst das vertragen.“ Oma tätschelte gutmütig Peers Hand.

„Wie sieht es aus, Tami? Vielleicht doch ein Stück?“

„Ja, bitte, Mama. Ich habe plötzlich riesigen Appetit.“ Tami strahlte glücklich und reichte ihrer Mutter den Kuchenteller. Dies war zweifelsfrei der beste Geburtstag überhaupt!

Marits Geschenk

„Willst du in dem Aufzug etwa ins Bett gehen?“, fragte Peer kopfschüttelnd, der seine Schwester dabei beobachtete, wie sie sich vor dem Spiegel in ihrem neuen Reiterdress von allen Seiten betrachtete.

Tami verdrehte die Augen. „Nein, natürlich nicht. Aber findest du nicht auch, dass ich damit fast wie eine richtige Reiterin aussehe?“

„Die Reithose sieht klasse aus.“ Marit nickte ihrer Freundin zu. Sie war direkt von der Reitstunde gekommen, ohne sich vorher umzuziehen, und hockte nun in voller Reitmontur auf Tamis Bett.

„Tja, ähm … die Hose scheint auf jeden Fall zu passen“, meinte Peer grinsend und bekam als Antwort von seiner Schwester prompt ein Kissen an den Kopf geworfen. „Ich geh dann mal“, sagte er und warf das Kissen wieder zurück.

„Große Brüder …“

„Oh ja. Wem sagst du das? Ich habe gleich zwei von der Sorte. Ich fühle voll und ganz mit dir.“ Marit seufzte. „Ich finde übrigens, dass du absolut wie eine Profireiterin aussiehst. Als würdest du mindestens schon seit drei Jahren reiten.“

„Danke übrigens für den neuen Führstrick! Das Pink ist echt klasse!“

„Gern geschehen. Aber ich habe dir den Strick nicht nur wegen der schönen Farbe geschenkt. Die Idee kam übrigens von meiner Mutter.“

„Von deiner Mutter?“

„Na, sie hat im Stall gesehen, dass dein alter gelber Führstrick einen Panikhaken hat, und meinte, dass du unbedingt einen vernünftigen mit Karabinerhaken brauchst.“

„Gibt es denn da einen Unterschied?“, fragte Tami erstaunt.

„Aber sicher! Wenn ein Pferd scheut, löst sich der Verschluss bei einem Karabinerhaken nicht automatisch“, erklärte Marit. „Stell dir vor, das passiert mal in der Nähe einer Straße und dann läuft das Pferd in ein vorbeifahrendes Auto. Einen Führstrick mit Panikhaken benutzt man eigentlich nur bei einem Pferdetransport, damit es sich im Notfall befreien kann. Bei einem Unfall, zum Beispiel. Und deswegen fand meine Mutter, dass du unter anderem einen neuen Führstrick gut gebrauchen könntest.“ Marit zog den Reißverschluss ihrer Umhängetasche auf.

„Aha. Und was meinst du mit *unter anderem*?“, erkundigte sich Tami und beobachtete, wie ihre Freundin ein bunt bemaltes Hufeisen und eine Papierrolle, die mit einer grünen Schleife zusammengebunden war, aus ihrer Tasche hervorzauberte.

„Unter anderem, weil ich noch etwas von meinen Eltern für dich habe.“ Marit hielt ihrer Freundin die Papierrolle und das Hufeisen entgegen.

„Ein Geburtstagsgeschenk von deinen Eltern für mich? Das ist aber wirklich sehr nett von ihnen. Damit habe ich ja überhaupt nicht gerechnet. Danke!“ Verblüfft nahm Tami das Geschenk und drehte das Hufeisen in der Hand. „Ganz schön schwer.“

„Hast du eine Idee, was es sein könnte?“

„Nein, ehrlich gesagt nicht. Obwohl ... das

Hufeisen könnte eventuell eine Art Glücksbringer sein. Für einen guten Start am Nordlicht oder so."

„Bingo! Den ersten Teil hast du richtig erraten." Marit nickte ihrer Freundin zu. „Nun kommt der zweite. Kleiner Tipp von mir: Ein Kinogutschein ist es nicht." Sie lachte und beobachtete Tami dabei, wie diese das Hufeisen auf dem Schreibtisch ablegte, die Schleife löste und das Papier glatt strich.

Tami las: „Gutschein für Reitstunden." Verdattert sah sie zu Marit.

„Meine Mutter wird dir, bevor das Schuljahr losgeht, ein paar Reitstunden geben", erklärte Marit mit einem Grinsen auf den Lippen.

„Was?" Tami konnte ihr Glück gar nicht fassen. „Ich werde morgen reiten lernen? So richtig? Dann kann ich ja gleich meinen neuen Führstrick, das Putzzeug und meine Reitkleidung einweihen!" Jubelnd fiel sie Marit um den Hals.

„Du freust dich also?"

„Freuen ist noch untertrieben! Das ist einfach der Wahnsinn! Ich habe ein Kribbeln im Bauch, als hätte ich einen Ameisenstaat verschluckt!"

Lange hatten die beiden Freundinnen noch über das Nordlicht, Tamis erste Reitstunde und den besten Geburtstag aller Zeiten geredet. Nachdem Marit sich schließlich verabschiedet hatte, schnappte Tami sich ihren himbeerfarbenen Jogginganzug und das neue Vanilleshampoo. Dann verschwand sie im Bad. Als das angenehm warme Wasser aus dem Duschkopf auf sie prasselte, konnte sie es immer noch nicht ganz glauben: Morgen war endlich der Tag aller Tage! Sie würde ihre erste Reitstunde haben! Die aufgeregten Ameisen tanzten immer noch quietschfidel in ihrem Bauch und würden das vermutlich auch noch die ganze Nacht über tun. Wie sie dabei auch nur ein Auge zumachen sollte, war Tami ein Rätsel. Aber vielleicht könnte eine Tasse von Omas Lavendeltee helfen? Hauptsache, sie würde während der Reitstunde morgen nicht wegen akutem Schlafmangel auf dem Pferderücken einschlafen!

Endlich reiten!

Natürlich machte Tami in der Nacht vor Vorfreude kein Auge zu – trotz zwei Tassen Lavendeltees, gegen den sie scheinbar völlig immun war. Was zur Folge hatte, dass sie bereits vor Sonnenaufgang geschniegelt und gestriegelt in ihrer Reiterkluft durch das Haus tigerte und alle paar Minuten ungeduldig auf ihre Armbanduhr schaute, als würde dadurch die Zeit schneller vergehen. Sie hatte sogar das Geschirr aus der Spülmaschine und in die jeweiligen Küchenschränke geräumt, während Brutus auf der Fensterbank hockte und sie neugierig beäugte. Danach verstaute sie noch schmutziges Besteck und einige Teller und Gläser vom Abendessen im Geschirrspüler. Normalerweise führte sie solche Aufgaben nur unter Protest aus, doch das war ihr im Moment herzlich egal. Hauptsache, die Zeit verging nicht so langsam wie bei einem Schneckenrennen.

„Du lieber Himmel! Was geisterst du denn in aller Herrgottsfrühe schon hier herum? Und wieso räumst du die Küche auf? Hast du mal auf die Uhr gesehen?“, fragte ihre Mutter kopfschüttelnd, während sie eine große Papiertüte mit dampfenden Sonntagsbrötchen in einen Brotkorb kippte.

„Ja, ständig! Genau genommen jede Minute. Ich konnte überhaupt nicht schlafen. Und irgendwas musste ich ja schließlich machen, um nicht die Wände hochzugehen.“

„Aufgeregt?“

„Total. Das ist noch völlig untertrieben“, gab Tami zu und öffnete den Kühlschrank, um Käse und Wurst herauszuholen.

„Freu dich lieber und genieß es. Immerhin hast du dir lange genug gewünscht, endlich reiten zu lernen“, meinte Frau Claasen und deckte den Esstisch.

Tami zuckte die Schultern. „Ich freue mich ja auch. Ich glaube, ich habe mich noch nie in meinem Leben so sehr auf etwas gefreut. Aber irgendwie …“

Frau Claasen sah ihre Tochter erstaunt an. „Hast du etwa Zweifel?“

Tami strich sich fahrig eine Haarsträhne, die sich aus ihrem Pferdeschwanz gelöst hatte, hinters Ohr. „Ein bisschen schon.“

Ihre Mutter musterte ihre Tochter mit zusammengezogenen Augenbrauen. „Du willst doch jetzt nicht etwa kneifen?“

Tami hob abwehrend die Hände. „Nein! Natürlich nicht!“

Frau Claasens Gesichtszüge entspannten sich wieder und um ihre Mundwinkel spielte ein leichtes Lächeln. „Dann ist ja gut. Ich dachte schon … “

„Nein, ich würde sogar mit vierzig Grad Fieber zu der Reitstunde gehen.“ Tami ließ sich auf einen Küchenstuhl fallen. „Aber was mache ich denn, wenn ich mich fürchterlich blamiere? Stell dir vor, ich falle wie ein nasser Mehlsack einfach vom Pferd.“ Tami schluckte. „Mein Magen grummelt schon die ganze Zeit wie vor einer Mathearbeit.“

Aber ihre Mutter sah sie milde an. „Aber da grummelt er ja auch immer ohne Grund. Mach dir mal keine Sorgen“, sagte sie, legte ihrer Tochter ein frisches Brötchen auf den Teller und reichte ihr die selbst gemachte Erdbeermarmelade zu. „Jetzt frühstückst du erst einmal ausgiebig. Danach sieht die Welt schon ganz anders aus und dein Magengrummeln wird sich auch in Luft auflösen. Möchtest du einen heißen Kakao?“

Die ersten Bissen zwang Tami herunter, doch als sie spürte, wie sich ihr Magen langsam beruhigte und sich sogar ein Teil der Ameisen verflüchtigte, langte sie kräftig zu. Nach dem zweiten Brötchen lehnte sie sich vollgefuttert gegen die Stuhllehne und strich zufrieden über ihren Bauch. „Das war lecker.“

„Geht es dir besser?“

„Ja, schon viel besser. Und Magengrummeln habe ich auch nicht mehr.“

Schon eine Stunde vor dem ausgemachten Termin traf Tami im Stall von Marits Eltern ein. Sie hatte Fritzchen, Omas Hund, mitgenommen. Der kleine Terrier liebte Ausflüge jeglicher Art und fühlte sich bei Pferden besonders wohl. Die Ställe waren in einem Nebengebäude untergebracht, das sich rechts neben dem Wohnhaus der Familie Kellinghaus befand. Hinter den Stallungen lagen zwei Weiden und daneben die vierzig Meter lange und zwanzig Meter breite Reithalle sowie ein Außenreitplatz, auf dem bunte Hindernisse aufgebaut waren.

Tamis Magen hatte sich zwar nicht mehr gemeldet, aber dafür hatte sie nun vor Aufregung Herzklopfen.

Sie stellte gerade den Kasten mit ihrem Putzzeug auf einen Strohballen, als hinter ihr eine bekannte Stimme erklang.

„Meine Güte, da bist du ja schon! Und Fritzchen auch. Geht deine Uhr etwa vor?“, fragte Marit, die ebenfalls Reitkleidung trug, lachend. „Ist ja gut, du verrückter Hund. Ja, du bist ein ganz Lieber.“

Tami drehte sich zu ihrer Freundin um, die freudig von Fritzchen begrüßt wurde, und schüttelte verlegen den Kopf. „Ich habe es zu Hause einfach nicht mehr ausgehalten“, gab sie zu und schnappte sich einen Besen, um die Stallgasse zu fegen.

„Und da hast du dir gedacht, dass du dich ein bisschen nützlich machen kannst, bevor es offiziell losgeht? Eine sehr gute Entscheidung!“ Marit grinste breit.

„Genau. Aber ehrlich gesagt, habe ich auch ein bisschen Muffensausen."

„Ach was! Es ist natürlich eine Premiere für dich und deswegen ist etwas Nervosität völlig normal. Ich habe jedenfalls noch nie jemanden gesehen, der vor der ersten Reitstunde nicht ein bisschen aufgeregt gewesen wäre.

Bleib einfach locker und mach alles so gut, wie du kannst. So, und jetzt putzen wir erst einmal Dimpi. Auf ihm wirst du heute reiten."

Nachdem die Mädchen den braunen Westfalen ausgiebig gestriegelt und gebürstet hatten, glänzte sein braunes Fell derart, dass man das Gefühl hatte, sich darin spiegeln zu können. Derweil hatte es Fritzchen vorgezogen, ein kleines Nickerchen auf einem Strohballen einzulegen.

Dimplex war das ideale Anfängerpferd. Ein gutmütiger fünfzehnjähriger Wallach, der früher ein Polizeipferd gewesen war und sich durch nichts aus der Ruhe bringen ließ. Noch nicht einmal durch unerfahrene Anfänger, die im Trab wie Flummis auf seinem Rücken auf- und abhoppelten und sich dabei in seiner Mähne festkrallten.

„Dann auf in die Sattelkammer. Weißt du noch,

wie man ein Pferd sattelt?", erkundigte sich Marit und legte das Putzzeug sorgfältig zurück in den Kasten.

„Natürlich! Was für eine Frage." Tami verdrehte die Augen. Sie hatte schließlich schon unzählige Male dabei geholfen, Marits Pony Peppino zu satteln und zu trensen.

Nachdem Tami Dimplex in der Stallgasse festgebunden hatte, folgte sie Marit in die Kammer, um seinen Sattel zu holen, der mit übergeschlagenem Gurt und hochgeschobenen Bügeln auf einem mit Dimplex' Namen beschrifteten Sattelbock lag. Gleich daneben hing die Trense des Wallachs, die Marit sich nun über die Schulter hängte. Das Gebissstück wusch sie unter klarem Wasser ab.

„Hätte ja sein können, dass du wegen all der Aufregung einen Blackout hast oder so. Wie eine Schauspielerin eben, die ihren Text auf der Bühne vergisst."

„Bestimmt nicht. Du könntest mich sogar mitten in der Nacht aufwecken, und ich wüsste immer noch ganz genau, wie man ein Pferd vorschriftsmäßig sattelt und trenst. Das vergesse ich auch trotz größter Aufregung nicht."

Als Nächstes legte Tami Dimplex den Sattel mit der passenden Decke auf, dann griff sie unter dem Bauch des Pferdes hindurch, um den Sattelgurt anzunehmen, den Marit ihr von der anderen Seite reichte. Tami schloss den Gurt unter großer Kraftanstrengung.

„Sag mal, ist Dimpi zurzeit irgendwie besonders gut im Futter? Oder wieso ist der Sattelgurt so kurz?“, erkundigte sie sich, während sie dem Pony die Trense überstreifte.

„Ach, das macht er immer. Zuerst füllt er seinen Bauch bis zum Anschlag mit Luft, sodass man kaum den Gurt ins erste Loch kriegt. Und wenn du dann aufsteigen willst, lässt er die ganze Luft plötzlich wieder raus und du landest mit Schwung auf der anderen Seite. Das ist seine übliche Masche vor einer Reitstunde. Ein Spaß, den er sich vor allem gern mit Leuten erlaubt, die nicht vorgewarnt sind. Er ist eben ein kleiner Schelm.“ Marit klopfte liebevoll gegen den Bauch des Wallachs.

„Gut zu wissen. Und ich dachte schon, der Dicke müsste dringend mal auf Diät gesetzt werden.“

„Nee, das nicht. Beim nächsten Mal müssen

wir einfach darauf achten, dass er beim Satteln den Kopf hochnimmt. Dann geht es leichter", antwortete Marit.

„Wieso das denn?"

„Das verhindert, dass er sich so aufblasen kann. Jetzt musst du noch die Sattellage überprüfen, bevor wir losgehen", erinnerte Marit Tami vorsorglich.

„Stimmt." Tami kontrollierte, ob zwischen dem Sattel- und Schulterblatt des Pferdes genügend Platz war, indem sie drei Finger dazwischenlegte. „Passt", stellte sie zufrieden fest.

„Prima. Bereit für deine erste Reitstunde?"

„Bereit!" Tami atmete noch einmal tief durch, dann umfasste sie die Zügel dicht unter dem Pferdekinn und führte Dimplex zur Reithalle. Marit folgte ihr mit Fritzchen an der Leine.

Am Eingang zur Reithalle blieb Tami vorschriftsmäßig stehen und lugte ins Innere. Marits Mutter lehnte an der Bande und machte sich Notizen in einem dicken Kalender. Ansonsten war die Reitbahn leer.

„Guten Morgen, Frau Kellinghaus. Tür frei, bitte."

Marits Mutter sah von ihrem Kalender auf.

„Moin, Tami. Da bist du ja. Pünktlich wie die Maurer. Tür ist frei."

„Danke." Tami führte Dimplex in die Mitte der Halle und Marit hockte sich zusammen mit Fritzchen auf einen Zuschauerplatz auf der Tribüne.

„Dann wollen wir mal anfangen. Zuerst wird nachgegurtet, damit beim Aufsitzen nichts verrutscht", erklärte Frau Kellinghaus, streifte die Zügel über ihren linken Arm, damit Dimplex nicht weglaufen konnte, und klappte das Sattelblatt hoch. „Ich zeige es dir." Sie zog den Sattelgurt abwechselnd an beiden Riemen enger. „Hättest dich gar nicht so aufplustern müssen", sagte sie und klopfte dem Pferd den Hals.

„Tut ihm das eigentlich nicht weh, wenn man den Gurt so straff zieht?", fragte Tami besorgt.

„Nein, nein. Keine Sorge. Es ist sogar sehr wichtig, dass der Gurt eng geschnallt ist, damit im Notfall immer ein Riemen den Sattel hält, wenn der andere mal wegrutscht. Übrigens satteln wir nach zehn Minuten noch einmal nach. Meistens ist dann noch ein weiteres Loch drin. Aber zuerst müssen wir auf beiden Seiten die Steigbügel herunterziehen und das Aufsitzen üben. Weißt du schon, wie das geht?"

„Ich glaube schon. Ich habe es nämlich ganz oft bei Marit beobachtet und es mir dann gestern noch mal in einem YouTube-Video angesehen."

„Na, du bist ja perfekt vorbereitet. Dann mal los." Frau Kellinghaus lachte. „Am besten verlängerst du den linken Steigbügelriemen um einige Löcher, dann ist es einfacher für dich beim Aufsteigen. Wenn du oben bist, verkürzt du ihn wieder."

„Okay." Tami folgte dem Rat. Dann stellte sie sich mit klopfendem Herzen auf Schulterhöhe neben den Wallach, wobei sie dem Pferdekopf ihren Rücken zukehrte. Mit der rechten Hand hielt sie den Steigbügel so, dass sie den linken Fuß in den Bügel setzen konnte. Ihre linke Hand griff mit den Zügeln vorne an den Sattel, dann stieß sie sich mit dem rechten Bein kräftig vom Boden ab und schwang es über das Pferd auf die rechte Seite. „Uff! Geschafft! Mir kam es gerade so vor, als wäre Dimpi plötzlich gewachsen. Beim Zugucken sieht es viel leichter aus, als es tatsächlich ist."

„Bravo! Die erste Lektion für heute hast du ja schon wie ein echter Profi gemeistert."

Tami freute sich über das Lob. Marit zeigte ihr

von der Tribüne aus den erhobenen Daumen und Fritzchen gähnte herzhaft dazu.

Dimplex' Bauch fühlte sich ganz warm an Tamis Schenkeln an. Sie spürte jeden seiner Atemzüge. „Darf ich Sie etwas fragen?"

Frau Kellinghaus nickte. „Natürlich. Nur zu."

„Wäre es eigentlich falsch gewesen, wenn ich von rechts aufgestiegen wäre?" Tami verkürzte den linken Steigbügelriemen wieder um drei Löcher, damit er die gleiche Länge wie der rechte hatte.

„Nein, absolut nicht. Es ist sogar ratsam, immer mal wieder zu wechseln, um die Muskulatur des Pferdes und des Reiters vor einer einseitigen Belastung zu schützen."

„Das verstehe ich. Aber warum steigen die meisten Reiter links auf?"

„Tja, weißt du, das ist ein altes Überbleibsel aus der Militärzeit. Früher trugen Soldaten ihre Degen immer links und konnten nur aufsitzen, wenn sie die rechte Körperhälfte über das Pferd schwangen. Ansonsten hätten sie die Tiere mit den langen Klingen verletzt."

„Aha, verstehe. Deswegen von links."

„Richtig."

„Aber wieso ist das auch heute noch so? Ich habe jedenfalls keinen Degen dabei“, erkundigte Tami sich weiter.

„Man hat es der Einfachheit halber so beibehalten. Und in großen Gruppen ist es zum Beispiel durchaus sinnvoll, wenn alle Reiter von links aufsitzen. So kommt sich niemand mit seinem Nachbarn ins Gehege. Bist du eigentlich schon mal geritten, Tami?“

„Hm ... na ja“, druckste Tami herum und warf ihrer Freundin auf der Tribüne einen unsicheren Blick zu. „Ein bisschen vielleicht. Auf der Koppel, wenn Marit dabei war ... Das war aber heimlich. Und nur im Schritt.“

„Soso, heimlich also.“ Frau Kellinghaus schmunzelte und bedachte ihre Tochter mit einem gespielt strengen Blick. „Und dann ohne Sattel und Trense, nehme ich an?“

„Ich ... ich habe mich an der Mähne festgehalten und Marit hat Peppino am Halfter geführt.“

Frau Kellinghaus schaute sie prüfend an. „Das ist aber ziemlich mutig von dir und ändert einiges.“

Tami schluckte. Was meinte Marits Mutter nur damit? „Meine Eltern dürfen das aber auf keinen

Fall erfahren. Sonst flippen sie total aus, weil das viel zu gefährlich ist", fügte sie hastig hinzu. Hoffentlich würde Frau Kellinghaus sie nicht verraten. Warum hatte sie ihr auch von den heimlichen Übungsstunden erzählt? Konnte sie nicht einfach mal den Mund halten? Wenn das rauskam, war es vermutlich schneller mit ihren Reitträumen vorbei, als sie das Wort „Pferd" sagen konnte.

„Keine Sorge", beruhigte Marits Mutter sie. „Das bleibt selbstverständlich unter uns. Großes Reiterehrenwort. Es ist ja nichts passiert."

Tami atmete erleichtert aus. „Danke."

„Was aber nicht heißt, dass ich es prinzipiell nicht leichtsinnig finde", gab Frau Kellinghaus zu bedenken. Dann trat sie ein paar Schritte zurück, griff nach der Longe und der Peitsche, die neben ihr im Sand lagen, und verstaute sie hinter der Bande. „Marit, flitz mal schnell in den Stall rüber und sattel Saturn geschwind für mich. Ich glaube, Tami braucht gar keine Longenstunden", rief sie ihrer Tochter zu.

„Zu Befehl, Mama!" Marit salutierte scherzhaft, band Fritzchen an einem Zuschauersitz fest und sauste zum Stall hinüber.

In der Zwischenzeit zeigte Frau Kellinghaus ihrer neuen Schülerin, wie sie die Zügel richtig hielt, erklärte ihr, wie man Zügelhilfen gab und dass beim Eindrehen die Hände aufgerichtet sein sollten. Die Fersen mussten beim Reiten stets nach unten gedrückt und die Zehenspitzen zum Pferd eingedreht sein. Tami hörte konzentriert zu und bemühte sich, die Anweisungen der Reitlehrerin möglichst perfekt umzusetzen.

Unglaublich, dass sie sich vor einer halben Stunde noch solche Sorgen gemacht hatte, sie könnte sich bis auf die Knochen blamieren! Und nun würde sie gleich sogar ohne Longe reiten! Noch wusste Tami zwar nicht so recht, ob sie vor Stolz platzen oder sich ihr Magen vor Angst umdrehen sollte, aber für ausgedehnte Grübeleien blieb sowieso keine Zeit. Marit führte Saturn, einen stämmigen Rappen mit einer schmalen Blesse, bereits in die Halle.

Dimplex schnaubte erfreut, als er seinen Stallkollegen erblickte, und wieherte zur Begrüßung, wobei er einen langen Hals machte und den Kopf nach oben warf. Tami flutschten die Zügel wie gebutterte Spaghetti durch die Finger.

„Einfach die Zügel wieder aufnehmen. Das

passiert jedem am Anfang." Frau Kellinghaus gurtete bei Saturn nach und saß dann ebenfalls auf. „Bist du bereit?"

„Absolut." Tami, deren Hände angespannt die Zügel umklammerten und dabei leicht zitterten, nickte. Was nun wohl auf sie zukommen würde?

„Keine Angst. Dimplex ist mit seinen fünfzehn Jahren nicht nur der Dienstälteste im Stall, er hat auch Dutzenden Anfängern das kleine Einmaleins des Reitens beigebracht. Er ist ein absolut zuverlässiges Schulpferd", beruhigte sie Marits Mutter.

„Okay."

„So, wir fangen als Erstes mit den Gewichtshilfen an. Das heißt, du lenkst Dimplex nur mit der Verlagerung deines Gewichts und den Schenkeln. Die Zügel brauchst du dafür nicht wirklich. Ich reite vor und du einfach hinter mir her."

Einfach hinterherreiten? Als wenn das so leicht wäre. „Aber ich kann doch gar nicht reiten", gab sie zu bedenken.

„Natürlich kannst du das. Mach mir einfach alles nach. Und denk daran, dass du dich voll und ganz auf den guten alten Dimplex verlassen kannst. Und auf geht's im Schritt! Treibender

Schenkel, Tami. Kopf hoch! Gerade sitzen!“ Saturn setzte sich mit einem Ruck in Bewegung.

Tami tat, was die Reitlehrerin ihr vorgab, und Dimplex folgte tatsächlich seinem Stallkollegen. Es war wie ein Wunder!

Während der Wallach hinter Saturn im Schritt hertrottete, rief Frau Kellinghaus Tami immer neue Anweisungen zu.

Tami konzentrierte sich auf ihre Haltung und gleichzeitig darauf, die Zirkel möglichst exakt so nachzureiten, wie Marits Mutter es ihr vormachte. Für Tami gab es jetzt nur noch Dimplex, der tatsächlich auf ihre Gewichtsverlagerungen und den Druck ihrer Schenkel reagierte, und die Stimme von Marits Mutter. Am Ende der Reitstunde glühten ihre Wangen vor Anstrengung und auf ihrer Stirn hatte sich ein Schweißfilm gebildet.

„Und halt.“ Frau Kellinghaus brachte Saturn auf der Mittellinie zum Stehen.

„Das war's? Schon zu Ende? Es kam mir bloß wie zehn Minuten vor. Und trotzdem bin ich hundemüde.“

„Das ist gut so. Du hast die ersten Lektionen heute wirklich mit Bravour gemeistert. Ich bin sehr zufrieden mit dir. Deswegen werden wir in der kommenden Stunde auch mit dem Leichttraben beginnen. Und Marit darf dann mit Peppino eure kleine Abteilung anführen."

„Ist das nicht genial? In der nächsten Stunde dürfen wir schon zusammen reiten", freute sich Marit, als sie wieder im Stall angekommen waren. „Mach Sitz, Fritzchen."

„Ich kann es immer noch nicht glauben!"

„War doch klar, dass du schneller lernst als jemand, der noch nie auf einem Pferd gesessen hat."

„Da wusstest du aber mehr als ich." Tami lachte, führte Dimplex in die Box und sattelte ihn ab. „Ich hatte nämlich ganz schön Schiss, als deine Mutter meinte, dass ich keine Longenstunden brauche."

„Meine Mutter hat für so etwas einen guten Blick. Das hat sie nur gemacht, weil sie sich absolut sicher war, dass du schon so weit bist. Und weißt du was?"

Tami schloss die Boxentür und folgte ihrer Freundin mit Fritzchen zum Wasserhahn in der Stallgasse. „Nö. Was denn?"

Marit wusch Saturns Gebissstück ab. „Ich bin

mir sicher, dass du nach den Ferien sofort in der leichten Schulabteilung mitreiten kannst und gar nicht erst zu den Anfängern musst."

„Nie im Leben!" Tami schüttelte energisch den Kopf.

Sie verstaute den Sattel und ließ sich dann auf einen Strohballen plumpsen. Fritzchen sprang neben sie und warf sich auf den Rücken, was eine eindeutige Aufforderung zum Kraulen war. „Es kann ja sein, dass ich bis dahin noch einiges lerne, aber so viel wird es nun auch nicht sein. Ich wäre schon froh und dankbar, wenn ich bei den Anfängern klarkomme."

Nachdem sie die Trense an einen Haken gehängt hatte, setzte Marit sich neben ihre Freundin und tätschelte den Kopf des Hundes. „Ach was, so wild ist das nicht. Du musst nur in den Grundgangarten sicher sein, also Leichttraben und Aussitzen. Galopp im leichten Sitz und im Galopp aussitzen wird natürlich auch erwartet, mit Steigbügel und mit übergeschlagenen Steigbügeln. Dann kommen noch ein paar Hufschlagfiguren dazu. Viel mehr ist es nicht."

„Puh! Das reicht mir schon. Und mit übergeschlagenen Steigbügeln bin ich bisher noch nie geritten“, sagte Tami und rupfte einige Strohhalme aus dem Ballen.

„Mit übergeschlagenen Steigbügeln wirst du bestimmt in der nächsten Stunde reiten. Heute hat Mama das wahrscheinlich nur nicht gemacht, weil es deine erste Stunde war. Normalerweise lernt man das Aussitzen immer zuerst ohne Steigbügel.“

„Oje! Das kann ja noch was geben. So viel kann ich in der kurzen Zeit nie lernen. Unmöglich! Selbst dann nicht, wenn du mir zusätzlich Nachhilfe gibst und ich vierundzwanzig Stunden am Tag durchreiten würde.“

„Wir werden ja sehen, wer dieses Mal recht behält.“ Marit zwinkerte Tami aufmunternd zu. Dann schnappte sie sich die Trense vom Haken und verschwand zusammen mit Fritzchen in der Sattelkammer.

Die ersten Tage im Pferdeinternat

Die nächsten Tage und Wochen vergingen wie im Flug. Die neue Schule und die nachmittäglichen Reiteinheiten in Theorie und Praxis führten dazu, dass Tami ihre Hausaufgaben meist erst kurz vor dem Schlafengehen fertigstellen konnte und dann wie ein Stein ins Bett fiel. Selbst an den Wochenenden verbrachte sie die meiste Zeit bei ihren vierbeinigen Lieblingen im Stall.

Eines Abends klopfte es an Tamis Zimmertür und der Kopf ihrer Mutter erschien im Türspalt. „Tami? Jessy ist am Telefon“, sagte sie und übergab das schnurlose Telefon an ihre Tochter.

Seitdem Jessy in Tidelund Reiterferien gemacht hatte, waren sie und Tami befreundet und telefonierten regelmäßig miteinander.

Tami schaute auf ihre Pinnwand. Dort hatte sie

ein Foto befestigt, auf dem sie und Jessy zu sehen waren, wie sie gemeinsam die Mähne des Schulpferdes Dimplex einflochten.

Sie hob den Hörer ans Ohr. „Hallo?“

„Hey, Tami! Ich bin’s, Jessy! Mensch, endlich erwische ich dich mal!“

Tami kratzte sich am Kopf. „Tut mir wirklich leid. Ich wollte mich schon eher bei dir melden, aber ich war in letzter Zeit so viel unterwegs. Die neue Schule und das Reiten halten mich ganz schön auf Trab.“

„Macht doch nichts. Super, dass es jetzt geklappt hat! Du musst mir unbedingt alles erzählen. Wie war die erste Woche am Nordlicht? Wie klappt es mit dem Reiten? Wie sind die anderen Schüler so? Und die Lehrer? Hast du schon neue Freundinnen kennengelernt?“, löcherte Jessy sie, ohne dabei Luft zu holen.

Tami musste lachen. „Du hast ja ganz schön viele Fragen auf einmal.“

„Na hör mal. Das ist ja wohl normal, wenn du auf ein Reiterinternat wechselst.“

„Ja, da hast du recht“, stimmte Tami ihrer Freundin zu und überlegte, womit sie am besten anfangen sollte. „Also, das Nordlicht ist als

Schule der absolute Oberhammer." So gut sie konnte, fasste sie die Geschehnisse der letzten Wochen für Jessy zusammen. Sie erzählte Jessy, was sie in der kurzen Zeit alles im Theorieunterricht durchgenommen hatten, und berichtete ihr natürlich ausführlich von den Reitstunden am Nachmittag.

Jessy seufzte. „Ach, ich beneide dich so. Wenn doch meine Schule auch Reiten auf dem Stundenplan hätte ... Oder ich mit dir zusammen aufs Nordlicht gehen könnte! Und wie sind deine Mitschüler so?"

„Ich kannte ja bis vor Kurzem nur Marit. Am ersten Schultag habe ich dann noch Anneke und Zoe kennengelernt. Sie gehen in meine Klasse und haben auch Reiten gewählt. Die zwei sind echt supernett und wohnen im Internat. Wir verstehen uns super!"

„Das hört sich toll an!"

„Einige Lehrer sind echt nett, aber dafür sind die meisten Jungs ziemlich doof. Bis auf drei, die auch in der Reitklasse sind. Zum größten Teil ist hier alles ziemlich normal, wie an anderen Schulen auch. Nur dass wir eben am Nachmittag Reiten haben. Gott sei Dank ohne die doofen Jungs."

„Aha? Was machen die Jungs denn?“, wollte Jessy wissen.

„Ach, die nerven die ganze Zeit nur rum.“ Tami verzog den Mund beim Gedanken an Wonzi und sein Gefolge. Es könnte alles so schön sein, wenn sie nicht in ihrer Klasse wären. „Die wiehern immer, wenn sie uns Mädchen aus der Reitklasse sehen, und machen ziemlich blöde Bemerkungen.“

„Das ist ja wirklich ätzend!“

Tami dachte an Marlon. Er war ganz anders, er nervte nicht. Ganz im Gegenteil: Seit sie sich am Strand begegnet waren, grüßte er sie immer sehr nett, wenn sie sich auf dem Schulflur begegneten.

Ein Piepsen unterbrach Tamis Gedanken.

„Oh, Mist! Der Akku ist gleich leer, ich muss dann wohl langsam Schluss machen.“

„Kein Problem. Aber du musst mich unbedingt über alles Neue auf dem Laufenden halten! Versprochen?“

„Abgemacht. Wir schreiben oder hören uns ganz bald wieder.“

„Mach's gut, Tami!“

„Tschüss, Jessy!“ Tami drückte auf den Knopf

mit dem roten Hörersymbol und holte dann ihr Englischbuch aus dem Rucksack hervor. Sie schaute auf die Uhr: Viertel nach acht. Sie musste sich mit dem Lernen ganz schön ranhalten, wenn sie ihr Pensum heute noch schaffen wollte!

Ein Streich mit Folgen

„Gibt es ein Problem? Oder brauchst du vielleicht eine Extraeinladung?“

Tami zuckte vor Schreck zusammen und blickte in die ungeduldige Miene von Herrn Wächter, dem permanent übel gelaunten Hausmeister und Betreiber des Schulkiosks, der wegen seiner roten Haare und seinem vor Ärger ständig roten Gesicht von allen bloß „Rotbarsch“ genannt wurde. Eine Brise seines ekelerregenden Mundgeruchs – einer Mischung aus ungeputzten Zähnen und Knoblauch – schlug Tami entgegen. Sofort wurde ihr speiübel.

„Wird’s bald, junge Dame?“, grunzte der Hausmeister und blitzte sie aus seinen kleinen Augen an.

Mittlerweile starrten auch sämtliche Schüler,

die in der Warteschlange vor dem Kiosk standen, Tami höchst interessiert an. Wie peinlich! Tami merkte, wie ihr ganz heiß wurde. Vermutlich wurde ihr Gesicht gerade genauso rot wie das von Rotbarsch. Immer dieses ätzende Rotwerden!

„Also, Fräulein, was ist jetzt? Ich habe nicht den ganzen Tag Zeit!"

„Ein ... Schokobrötchen, bitte", stotterte Tami verlegen.

„Wovon träumst du denn, Tami?", erklang es da schräg hinter ihr.

„Von einem großen Braunen mit vier Hufen und jeder Menge Pferdeäpfel", wieherte eine zweite Stimme, begleitet von einem mehrstimmigen Jungslachen.

Die hatten ihr gerade noch gefehlt! In Tamis Bauch braute sich ein hochexplosiver Cocktail aus Wut und Scham zusammen, und sie merkte, wie ihr Gesicht noch stärker brannte als zuvor. Diese Idioten! Tami schaute an sich herab und schwor sich, nie wieder ihre Reithose zur Schule anzuziehen und sich damit zur Zielscheibe für dumme Sprüche zu machen.

„Einmal Schokobrötchen. Das macht fünfzig Cent", knurrte Rotbarsch und schob Tami eine

Papierserviette mit dem süßen Frühstücksgebäck darauf zu, das die Schule von ihrer Mutter bezog.

Tami nahm ihre Bestellung entgegen und drückte Rotbarsch das Geldstück in die Hand. Als sie an Otto, Wonzi und Mats vorbeiging, die sich vor Lachen die Bäuche hielten, warf sie ihnen einen vernichtenden Blick zu. Warum waren Jungs eigentlich so blöd? Ständig machten sie sich über die Reitklasse lustig und spielten Tami und ihren Freundinnen Streiche. Vermutlich hatten sie insgeheim Angst vor den imposanten Tieren und bewunderten den Mut der Mädchen, schlussfolgerte Tami. Ihre Laune hatten Otto, Wonzi und Mats gründlich ruiniert, obwohl vor ein paar Minuten doch alles noch so schön gewesen war. Marlon war ihr nämlich auf dem Schulhof über den Weg gelaufen und hatte sich erkundigt, wann sie denn mal in der Surfschule vorbeischauen würde.

Während Tami zu ihren Freundinnen lief, trat sie vor lauter Wut gegen eine leere Dose, die im hohen Bogen in den angrenzenden Schulgarten flog. Augenblicklich meldete sich Tamis Gewissen. Vorsichtig stieg sie in das Tomatenbeet, fischte die Metalldose aus dem Gemüse und warf sie in den nächsten Mülleimer. Als sie wenig später an der Bank ankam, auf der Marit, Anneke und Zoe saßen, war sie immer noch sauer.

„Was ist denn mit dir los?“, empfing Marit sie, die ihr den Ärger an der Nasenspitze ansah. „Du guckst ja echt gefährlich“, fügte sie hinzu und band sich ihre blonden Haare zu einem Pferdeschwanz zusammen.

„Das war ja ein Eins-a-Schuss“, stellte Zoe beeindruckt fest. „Wenn das mit der Reiterei nicht klappen sollte, kannst du bestimmt Fußballspielerin werden.“

„Ach, es ist nichts. Nur wieder Mr Cool und seine Gang.“ Tami schüttelte den Kopf und stopfte sich ein Stück ihres Brötchens in den Mund. „Kommen sich immer besonders lässig vor, wenn sie blöde Sprüche klopfen können. Aber eins sage ich euch, lange lasse ich mir das nicht mehr gefallen. Das nervt echt!“

„Reg dich nicht auf. Das sind die doch gar nicht wert. Sie sind eben nicht glücklich, wenn sie uns nicht ständig ärgern können“, meinte Anneke und lächelte Tami aufmunternd an.

„Ich weiß. Es stört mich aber trotzdem. Und überhaupt …“

„Recht hast du“, stimmte ihr Zoe zu. „Doch wie willst du daran was ändern?“

Tami zuckte mit den Schultern. Einen perfekten Plan hatte sie natürlich nicht. Nur so viel war klar: Sie hatte keine Lust, länger vernünftig zu sein. Es war an der Zeit, es den Jungs mal gründlich heimzuzahlen!

Die Klingel beendete die Pause und Tami blieb eine Antwort erspart. Die Freundinnen liefen zurück zum Schulgebäude.

„Geht ruhig schon mal vor. Ich muss noch mal schnell für kleine Mädchen“, rief Tami und eilte den Flur zu den Toiletten entlang, die sich am anderen Ende des Gebäudes, gleich neben der Turnhalle, befanden. Sie musste sich beeilen, weil sie auf gar keinen Fall zu spät zum Englischunterricht kommen wollte. Tamis neue Klassenlehrerin war ziemlich streng, und Tami traute ihr zu, dass sie ihre Schüler fürs Zuspätkommen nachsitzen ließ. Und dann käme Tami nicht pünktlich zum heutigen Unterricht in Pferdepflege und würde womöglich auch die Dressurstunde versäumen. Das durfte auf keinen Fall passieren!

Nachdem sie sich die Hände gewaschen hatte, sprintete Tami zur Tür und versuchte sie zu öffnen. Doch die Klinke bewegte sich nicht! Nicht einen Zentimeter! Tami schüttelte irritiert den Kopf, stellte sich auf die Zehenspitzen und drückte mit ihrem ganzen Gewicht. Anscheinend klemmte das blöde Ding. Tami ruckelte noch einmal mit aller Kraft an der Klinke, doch sie rührte sich nicht. Ratlos trat Tami zwei Schritte zurück und blickte zu den Oberlichtern hinauf, durch die, in etwa in zwei Metern Höhe, helles Sonnenlicht fiel. Abgesehen von der Tür stellten sie die einzige Möglichkeit dar, um die Schultoilette zu verlassen. Doch um die Fenster zu erreichen, hätte Tami eine Leiter gebraucht. Warum war sie ausgerechnet heute die Einzige auf dem Schulklo? Tami fuhr sich mit beiden Händen durch die Haare und seufzte laut, während sie mit dem Rücken an der hölzernen Tür entlang nach unten rutschte, bis sie mit dem Po auf den kalten Fliesen saß. Sie schlang beide Arme um die angewinkelten Beine und legte ihr Kinn auf die Knie.

Und so was passierte natürlich ausgerechnet ihr. Toll! Echt große Spitzenklasse! Allerdings wäre das Ganze noch viel schlimmer, wenn sie eine Reitstunde verpassen würde. Das wäre eine richtige Katastrophe! Dann doch lieber Englisch. Tami drehte ihren Kopf zur Seite und presste das rechte Ohr an die Tür. Plötzlich vernahm sie von der anderen Seite ein leises Glucksen.

„Hallo? Ist da jemand? Die Tür klemmt, ich komme hier nicht raus! Ich brauche dringend Hilfe!“ Jetzt hörte sie ein ihr vertrautes Lachen und begriff. „Haha, sehr witzig. Ihr Idioten!“

„Freu dich doch. So hast du jetzt eine Freistunde. Mach es dir ruhig gemütlich.“ Das war unverkennbar Otto.

Tami konnte es nicht fassen. „Lass mich hier gefälligst sofort raus, du unterbelichteter Einzeller! Das ist nicht komisch!“, rief sie und rüttelte erneut an der Klinke, natürlich wieder ohne Erfolg. Die Schulglocke klingelte zum Unterrichtsbeginn. „Wenn ich hier rauskomme, dann … dann kannst du was erleben!“

„Oh, da hab ich aber Angst!“, höhnte es von der anderen Seite der Tür.

„Komm, lass uns hier verschwinden“, meldete sich eine zweite Stimme.

Wonzi. Nicht zu glauben! Tami kannte ihn noch aus dem Kindergarten. Er war einmal ihr bester Freund gewesen und jetzt machte er bei solchen schwachsinnigen Aktionen mit.

„Wonzi, du Holzkopf, mach gefälligst diese blöde Tür auf!“, brüllte Tami.

Doch statt einer Antwort hörte sie nur, wie sich hastige Schritte entfernten. Mist!

Langsam, aber sicher gingen ihr diese dummen Streiche ganz gehörig auf den Keks. Was sollte sie denn jetzt machen? Bis zur nächsten Pause warten? Darauf hoffen, dass sie jemand zufällig entdeckte?

Sie donnerte mit einer Faust kräftig gegen die Holztür. Das musste doch irgendjemand hören. Und tatsächlich, sie musste gar nicht lange warten: Kurz darauf vernahm sie ein schlurfendes Geräusch.

„Hallo! Ich bin hier drin gefangen! Ich komme hier nicht raus!“, rief Tami und trommelte noch fester gegen die Toilettentür.

„Herrschaftszeiten!“, fluchte eine Männerstimme. Dann hörte Tami Schleifgeräusche, als würde etwas beiseitegeschoben. Schließlich schwang die Tür auf und Rotbarschs wilde rote Mähne erschien im Türspalt. Sichtlich genervt schaute er sie an. „Du schon wieder!“, blaffte er, wobei er seine buschigen Augenbrauen so zusammenzog, dass sich zwei Falten zwischen ihnen bildeten.

Bis vor einer Minute noch hatte sie geglaubt, im Mädchenklo eingeschlossen zu sein, wäre das Allerschlimmste, aber ausgerechnet von dem allseits unbeliebten Hausmeister aufgegabelt zu werden, war mindestens zweimal so unangenehm.

„Das ist nicht meine Schuld. Man hat mich eingeschlossen, Herr Wächter. Ehrlich!“, verteidigte sie sich halb entschuldigend, halb protestierend und pustete sich dabei eine Strähne aus ihrem vor Aufregung glühenden Gesicht.

„Als hätte ich nicht schon genug zu tun, auch ohne euren Kinderkram. Wo kommen wir denn da hin, wenn ich ständig Schüler aus irgendwelchen Toiletten befreien muss?“ Rotbarsch schnaubte erbost und wischte sich mit dem Handrücken über seine Nase.

Tamis Blick fiel auf den Stuhl, der neben dem Hausmeister stand. „Entschuldigung, aber stand der vielleicht unter der Klinke?“

„Ja, sicher, was glaubst du denn?“, erwiderte der Hausmeister ungeduldig. „Sonst hättest du es vermutlich allein geschafft, die Tür zu öffnen.“

„Ja … vermutlich. Danke“, presste Tami zwischen zusammengebissenen Zähnen hervor.

Rotbarsch machte eine unwirsche Handbewegung. „Hast du keinen Unterricht?“

„Doch.“

„Worauf wartest du dann noch? Hopp, hopp!“, rief er im Befehlston und klimperte dabei mit seinem Schlüsselbund.

Das ließ sich Tami nicht zweimal sagen. Sie drückte sich am Hausmeister vorbei und eilte im Laufschritt durch die Gänge zu ihrem Klassenraum, wo der Unterricht bestimmt längst begonnen hatte.

Als Tami das Unterrichtszimmer erreichte, war die Tür wie erwartet geschlossen.

Was sollte sie Frau Grollich erzählen? Die Wahrheit etwa? Die Lehrerin würde ihr doch nie im Leben glauben, dass sie tatsächlich auf dem Klo eingeschlossen worden war. Zugegeben, das hörte sich tatsächlich nach einer wenig einfallsreichen Ausrede an. Bestimmt würde sich Frau Grollich von Tami veräppelt vorkommen und sich deswegen in einem Brief an ihre Eltern über ihr Verhalten beschweren. Keine rosigen Aussichten. Aber sie konnte auch nicht für immer hier draußen herumstehen und die Tür hypnotisieren. Also atmete Tami noch einmal tief durch, nahm ihren ganzen Mut zusammen und klopfte schließlich mit den Fingerknöcheln gegen die Klassenzimmertür.

Frau Grollich schaute sie verwundert an, als Tami im Türrahmen erschien. „Warum kommst du so spät? Die Englischstunde hat längst begonnen."

„Ich ... ich", stotterte Tami und suchte nach einer besseren Ausrede.

„Ja?"

Fehlanzeige. Blieb nur die Wahrheit. „Mich hat jemand in der Toilette eingesperrt."

Ihre Mitschüler begannen zu kichern. Mit Ausnahme von Otto und Wonzi, die augenblicklich etwas tiefer in ihren Stühlen versanken. Sie rechneten wohl damit, dass Tami sie gleich verpetzen würde und es dann richtig Ärger gab.

„Ruhe!", rief Frau Grollich gegen das Glucksen an. „Also, Tami, du willst mich wohl auf den Arm nehmen. Das ist die mit Abstand unglaubwürdigste Ausrede, die ich jemals gehört habe. Keiner außer dem Hausmeister hat einen Schlüssel für die Toiletten. Wie sollte das also gehen?

Oder willst du etwa sagen, Herr Wächter hätte dich höchstpersönlich eingesperrt?“

Sie hatte ja geahnt, dass die Lehrerin ihr kein Wort glauben würde.

„Nein, natürlich nicht. Aber ...“, wollte Tami erklären.

„Nein, kein Aber. Wenn ich eins nicht leiden kann, dann Schüler, die mir Märchen auftischen wollen. Bis übermorgen schreibst du für mich einen zweiseitigen Aufsatz über Londons Sehenswürdigkeiten auf Englisch und zwei Seiten darüber, warum Pünktlichkeit im Leben so wichtig ist. Auf Deutsch.“ Frau Grollich machte einen Eintrag in ihr rotes Notizbuch.

Bis übermorgen? Wie sollte Tami das schaffen? Dann würde überhaupt keine Zeit mehr bleiben, um neben der Schulreitstunde bei den Pferden zu sein. Und das ausgerechnet jetzt – sie hatte Frau Kellinghaus doch versprochen, sich um Zafira zu kümmern, die ein Fohlen erwartete!

Einen Moment lang wusste Tami nicht, ob sie gegen die ihr zu Unrecht aufgebrummte Strafarbeit protestieren sollte oder nicht. Sie warf Marit einen Hilfe suchenden Blick zu, die aber auch bloß ratlos den Kopf schüttelte. Also schluckte

Tami jede weitere Erklärung hinunter und setzte sich wortlos auf ihren Platz, wobei sie versuchte, das unterdrückte Kichern hinter sich zu überhören. Sie musste sich nicht erst vergewissern, wer sich da gerade auf ihre Kosten amüsierte, das wusste sie auch so.

Marit beugte sich zu ihr. „Ärgere dich nicht. Das sind die Idioten doch gar nicht wert“, flüsterte sie Tami zu und drückte tröstend ihre Hand.

Tami nickte zwar und lächelte tapfer, doch innerlich kochte sie und kam sich auch noch wie die allergrößte Idiotin von Tidelund vor. Das Lachen würde diesen dämlichen Affen schon sehr bald vergehen! Rache war bekanntlich Blutwurst! Und was die Jungs konnten, das konnten sie und ihre Freundinnen auch. Sogar noch viel besser.

Tami macht eine Entdeckung

Tamis wütendes Magengrummeln hielt noch die nächsten zwei Tage an. Kein Wunder! Abgesehen von der ungerechten Extraaufgabe kamen Wonzi und die anderen nämlich nicht im Traum auf die Idee, sich bei ihr zu entschuldigen – geschweige denn, mal eine Pause einzulegen, was ihre dummen Sprüche und albernen Streiche betraf, oder gar Frau Grollich zu beichten, dass sie Tami in der Toilette eingeschlossen hatten. Im Gegenteil: Nachdem sie nicht aufgeflogen waren, schienen sie sich besonders clever vorzukommen und wieherten den Mädchen noch lauter hinterher. Bei jeder Gelegenheit schubsten sie die Freundinnen in Hecken, machten sich darüber lustig, dass Frau Grollich Tami kein Wort geglaubt hatte, und äfften Tamis Hilferufe nach.

„Das dürfen wir uns nicht länger gefallen lassen“, entschied Tami schließlich und ballte dabei die Hand entschlossen zur Faust.

„Das stimmt. Aber was wollen wir dagegen tun?“, überlegte Zoe.

„Wir werden den Jungs einen Denkzettel verpassen. Dabei müssen wir geschickt vorgehen.“

„Geschickter als die Jungs vorzugehen, ist ja auch keine Kunst.“ Anneke zwinkerte Tami zu.

„Hast du etwa schon einen Plan, Tami?“, wollte Marit wissen und sah ihre Freundin erwartungsvoll an.

„Das zwar noch nicht, aber lasst mich mal machen. Schließlich habe ich jahrelange Übung darin, anderen eins auszuwischen.“ Tami kicherte.

Zoe zuckte die Schultern. „Du sprichst in Rätseln.“

„Es ist eigentlich ganz einfach: Peer und ich haben uns schon immer gegenseitig Streiche gespielt und für die Jungs wird mir garantiert auch etwas Passendes einfallen.“

Erst zwei Tage später, nachdem Tami die vierseitige Strafarbeit im Lehrerzimmer abgegeben hatte und nachmittags auf dem Rücken von Filou saß, entspannte sie sich allmählich und ihr Ärger über die Jungs ließ nach.

Das Schulpony reagierte sogleich auf ihre sanften Hilfen, seine Gangarten und sein Maul waren butterweich. Tami schwebte regelrecht durch die Reithalle. Fast hatte sie den Eindruck, als bestünde eine Art unsichtbare Verbindung zwischen ihr und dem Pony, die Filou schon kurz vorher erahnen ließ, was sie als Nächstes von ihm erwartete. Das war auch Frau Kellinghaus nicht entgangen, die am Ende der Stunde zu Tami kam, als sie gerade absaß.

„Warte mal“, sagte sie, während die anderen Mädchen ihre Pferde aus der Reithalle führten.

Tami schob die Steigbügel hoch und lockerte den Sattelgurt. „Ja, Frau Kellinghaus? Habe ich etwas falsch gemacht?“

„Nein, nein. Ganz und gar nicht. Ihr zwei wart außerordentlich gut“, lobte Frau Kellinghaus ihre Schülerin und klopfte dem Haflinger den Hals. „Wenn man dich und Filou so beobachtet, könnte man beinahe annehmen, dass ihr telepathisch miteinander verbunden seid.“

„Sie meinen, wir haben in Gedanken miteinander gesprochen?“

„Ja, so in der Art. Nur eben mit Schenkeln und Zügeln.“ Die Reitlehrerin nickte. „Du scheinst einen sehr guten Draht zu Pferden zu haben. Ich bin mir sicher, Zafira ist bei dir in den besten Händen. Gehst du gleich noch bei der Koppel vorbei?“

„Ja, das mache ich. Ab heute habe ich auch endlich wieder Zeit für sie.“ Tami ergriff die Zügel nah an Filous Maul und freute sich über das Lob.

Im Stall sattelte sie den Haflinger ab, führte ihn in die Waschbox und spritzte ihn ordentlich mit Wasser ab. Dann gab Tami ihm zur Belohnung einen Apfel, den sie von zu Hause mitgebracht hatte. Reiterin und Pony hatten in der Reitstunde alles gegeben und dafür hatte sich Filou ein Leckerli mehr als verdient. Danach wusch sie das Trensengebiss sauber und kratzte Filous Hufe aus, in denen sich Hallensand festgesetzt hatte. Nachdem sie das Pony in die Box geführt hatte, verstaute sie ihre Stiefel und das Putzzeug in ihrem Spind neben der Sattelkammer.

„Kommst du noch mit auf unser Zimmer?“, wollte Anneke wissen, deren Schrank sich neben

Tamis befand und die gerade das Vorhängeschloss einrasten ließ.

Tami blickte über die Schulter zu der Uhr über dem Türrahmen und schüttelte dann den Kopf. „Nein, heute nicht. Ich möchte noch zu Zafira auf die Koppel und dann wollte ich eigentlich zum Strand. Mal wieder bei meinem Vater vorbeischauen."

Tamis Weg führte sie zunächst über den Seedeich, der in einen Fußgänger- und einen Radweg unterteilt war. Links neben ihr lagen blühende Salzwiesen, die mit vollgelaufenen Prielen durchzogen waren, in denen sich der Himmel spiegelte. Vögel landeten in den Gräsern oder erhoben sich mit ihren weiten Schwingen in die Luft und verursachten dabei ein Höllenspektakel. Die Salzwiesen waren nicht nur ein besonders wichtiges Brutgebiet für Seevögel, da die Tiere dort ideale Bedingungen vorfanden, auch besondere Pflanzen wuchsen hier.

Tami liebte den Anblick der sich von Jahreszeit zu Jahreszeit ändernden Blütenfarben der Salzwiesen. Im Frühjahr blühten hier rosa Strandnelken und im Sommer bedeckten ein violetter Strandfliederteppich und blaugrüne Andelgrasblüten die Wiesen. Und im Herbst wurden sie von Quellern und Strandsoden in Rotbraun getaucht.

In der Ferne hinter den Dünen konnte Tami bunte Strandzelte ausmachen. Die Sonne glitzerte auf dem Meer und rechts von ihr grasten gemächlich einige Schafe, die sich weder durch Fahrradfahrer noch durch kreischende Kinder aus der Ruhe bringen ließen. Tami blieb einen Moment stehen, schloss die Augen und atmete die salzige Luft ein. Sie liebte diesen Geruch. Der Wind spielte mit ihren Haaren und schien all den Ärger der letzten Tage aus ihrem Kopf zu pusten.

Die Koppel mit den Pferden war nur wenige Minuten Fußmarsch vom Stall entfernt. Zafira, die mit den anderen Pferden friedlich auf der Weide Grashalme rupfte und dabei mit dem Schweif lästige Fliegen vertrieb, entdeckte Tami schon von Weitem.

Als sie den Koppelzaun erreichte, lehnte sie ihren Rucksack gegen einen Holzpflock und öffnete ihn. Außer dem Apfel für Filou hatte sie auch etwas für Zafira eingepackt: drei Mohrrüben. Sie griff nach dem knackigen Wurzelgemüse, kletterte über das Gatter und nahm auf dem obersten Balken Platz. Dann pfiff sie kurz und rief sanft

Zafiras Namen. Tami wusste, dass Pferde über ein außergewöhnlich gutes Gehör verfügten und es sogar bei mehreren Metern Entfernung ausreichte, das Tier leise anzusprechen. Die grasende Stute spitzte auch sogleich aufmerksam die Ohren und hob neugierig den Kopf. Gemächlich trottete sie auf Tami zu, bedächtig einen Huf vor den anderen setzend. Ihr praller Bauch wölbte sich zu beiden Seiten, wiegte sich bei jedem Schritt von links nach rechts und verlieh ihrem geruhsamen Gang eine gewisse Beschwerlichkeit.

„Da bist du ja, meine Schöne“, begrüßte Tami Zafira liebevoll und bot ihr die mitgebrachten Mohrrüben an.

Die Stute blies warmen Atem durch ihre Nüstern, bevor sie die Leckereien mit ihren weichen Lippen aufnahm und geräuschvoll verspeiste.

„Fein machst du das.“ Tami streichelte über den Stern auf ihrer Stirn, was die Stute dazu veranlasste, noch näher an das Mädchen heranzutreten und den Kopf in ihre Achselbeuge zu drücken. „Du Schmusepferd!“ Tami lachte und hielt sich nur mit Mühe auf dem Gatter. „Du wirst bestimmt eine ganz tolle Pferdemama.“ Sie streckte ihr Gesicht der warmen Sommersonne entgegen und schloss die Augen, während sie mit einer Hand durch Zafiras Mähne fuhr und einfach den Moment genoss.

„Ach, schade. Ich muss leider schon wieder los“, meinte Tami ein paar Minuten später und schlug die Augen wieder auf. „Aber morgen komme ich dich wieder besuchen“, versprach sie, kletterte zurück auf die andere Seite des Gatters, schulterte ihren Rucksack und zauberte aus der kleinen Tasche ihrer Reithose ein selbst gebackenes Apfel-Hafer-Leckerli. „Braves Mädchen. Hier hast du noch was ganz Feines.“

Tami lief durch das wadenhohe Gras zurück zum Deich und blickte sich dann noch einmal nach der trächtigen Stute um, die sich wieder zurück zu den anderen Pferden gesellt hatte. Wie das Fohlen wohl aussehen würde? Ob es nach Zafira kam und ein kleiner Rappe wurde oder doch eher nach dem Vater, einem Fuchs? Am Ende war das aber auch egal. Hauptsache, das Kleine kam gesund und munter auf die Welt – das war das Allerwichtigste. Außerdem war sich Tami sicher, dass es ohnehin das schönste und niedlichste Fohlen sein würde, das Tidelund je gesehen hatte. Sie konnte es kaum noch erwarten. Insgeheim hatte sie längst eine Liste mit den schönsten Pferdenamen erstellt. Nur für den Fall, dass sie nach einem Namensvorschlag für das Fohlen gefragt wurde.

Tami schlenderte über den Deich und beobachtete, wie die Möwen sich von den Windböen durch die Luft schaukeln ließen, bis sie schließlich den Nordstrand erreichte. Dort blieb sie stehen, schirmte mit einer Hand ihre Augen ab und blickte über die Dünen mit dem sich darauf wiegenden Strandhafer hinweg aufs Meer. Bunte Segel hüpften federleicht über die Wellen. Zwischen den Windseglern entdeckte Tami auch Marlon, der gerade trainierte. Eine steife Brise wehte vom Meer zum Land hin und peitschte die Wellen gehörig auf, sodass die Surfer sich an diesem Tag nicht über lahme Nordseewellen beklagen konnten. Das war offensichtlich ganz nach Marlons Geschmack, dessen Sprünge sein Board und ihn in schwindelerregende Höhen katapultierten. Tami beobachtete das Spektakel eine Weile und bewunderte ihn für seine Tollkühnheit. So mutig wäre sie nie. Dagegen waren ihre ungewollt riskanten Segelwagenfahrten oder die heimlichen Reitausflüge mit Marit nicht der Rede wert. Vielleicht sollte sie sich trotzdem für einen Surfkurs anmelden? Es bedeutete ja nicht automatisch, dass sie halsbrecherische Kunststücke auf der Nordsee vollführen musste. Immerhin hatte Marlon selbst ihr das vorgeschlagen, und vielleicht wäre es eine gute Möglichkeit, um ihn näher kennenzulernen. Sie würde sich die Idee auf jeden Fall noch einmal durch den Kopf gehen lassen.

Tami ging weiter, bog kurz darauf links ab und marschierte durch die Dünen zur Muschelkiste, einem Pfahlbau auf Stelzen direkt am Strand. Hier war die Station der Strandaufsicht untergebracht, für die ihr Vater arbeitete. Herr Claasen freute sich immer, wenn seine Tochter ihn besuchte.

Tami traf ihren Vater dabei an, wie er gerade damit beschäftigt war, die Scherben einer zerbrochenen Glasflasche aufzusammeln und in eine Tüte zu werfen.

„Hey, Tami! Na, bist du gar nicht im Stall bei den Pferden?“ Er umarmte seine Tochter und gab ihr einen Kuss auf die Stirn. „Das ist ja eine schöne Überraschung, dass du mich besuchen kommst.“

„Hallo, Papa. Im Stall bin ich doch fast immer,

aber manchmal muss ich eben auch mal bei dir vorbeischauen."

Herr Claasen zwinkerte seiner Tochter zu. „Solange du neben den Pferden auch noch deinen alten Herrn im Kopf hast, brauche ich mir wohl keine allzu großen Sorgen zu machen."

„Nein, brauchst du nicht." Tami wies auf die Glasscherben im Sand. „Was machst du da? Sammelst du mal wieder Strandgut ein?"

Herr Claasen verdrehte die Augen. „Strandgut? Das hört sich zu harmlos an. Manche Leute sind wirklich unverantwortlich! Werfen einfach so ihren Müll in den Sand und denken nicht an die Folgen für andere Menschen oder Tiere. Stell dir mal vor, hier wäre jemand reingetreten. Ein Kind beim Spielen, ein Hund bei einem Strandspaziergang oder auch ein Pferd bei einem Ausritt."

„Oje! Das hätte böse ins Auge gehen können."

Herr Claasen nickte zustimmend. „Ganz genau."

„Das Pferd hätte den Reiter bestimmt vor Schreck abgeworfen", vermutete Tami.

„Ja, das ist gar nicht so unrealistisch", stimmte Herr Claasen seiner Tochter zu. „Aber gut, dass du hier bist. Könntest du mir vielleicht mein

Fernglas aus der Muschelkiste holen? Ich habe es dort liegen gelassen."

„Kein Problem, Papa." Tami eilte zu dem Pfahlbau hinüber, wobei sie im Slalom spielenden Kindern und Hunden sowie mit Muscheln kunstvoll verzierten Sandburgen auswich. Am Pfahlbau angekommen, sprang sie die Treppen hinauf. Oben angelangt, flitzte sie über die hölzerne Veranda, als sich ihre Füße plötzlich in einem Fischernetz verfingen, das jemand achtlos auf dem Boden hatte liegen lassen. Sie ruderte wild mit den Armen, versuchte, ihre Balance wiederzufinden, verlor aber trotzdem das Gleichgewicht und knallte mit dem Kopf gegen die hölzerne Außenwand der Muschelkiste.

„Autsch!" Tami rieb vorsichtig über die schmerzende Stelle. Mit einem Blick zur Seite bemerkte sie, dass sich zwei Bretter am Holzhaus gelöst hatten und nun die Sicht ins Innere der Station freigaben. Neugierig lugte Tami durch den Spalt. Dahinter lag ein Hohlraum. Sie schob die Bretter weiter beiseite, krabbelte durch die Öffnung und fand sich im Geräteraum der Station wieder, wo ihr Vater und seine Kollegen Werkzeuge und ein zweites Rettungsboot lagerten.

„Wow! Nicht schlecht!“, entfuhr es ihr. Wenn das mal kein idealer geheimer Treffpunkt für sie und ihre Freundinnen war! Ein perfektes Bandenversteck, wo sie mit Marit, Anneke und Zoe ungestört Rachepläne schmieden konnte, ohne von irgendwem belauscht zu werden.

Aufgeregt tastete Tami nach dem Smartphone in ihrer Hosentasche. Das musste sie sofort ihren Freundinnen erzählen! Die würden vielleicht staunen! Tami begann eine Nachricht zu tippen, doch dann hielt sie inne und ließ das Handy sinken. Obwohl, vielleicht doch nicht. Es wäre doch viel spannender, wenn sie ihnen eine mysteriöse Botschaft schicken würde, deren Bedeutung sie erst am nächsten Tag aufklären würde. Ja, das gefiel ihr. Auch wenn es ihr schwerfallen würde, das Geheimnis noch eine Weile für sich zu behalten. Die geheimnisvolle Mitteilung lautete:

Morgen vor Schulbeginn Treffpunkt Stall.
Es gibt Neuigkeiten! GLG Tami :-)

Tami lächelte zufrieden vor sich hin, denn sie wusste genau, dass Marit, Anneke und Zoe unter Garantie vor Neugier platzen würden. Dann steckte sie das Handy zurück in ihre Jeans, krabbelte wieder aus der Station hinaus und schob die losen Bretter auf ihren Platz zurück. Den gesuchten Feldstecher fand sie auf dem Schreibtisch und brachte ihn zu ihrem Vater.

Ein Geheimnis wird gelüftet

Am Abend frischte der Wind auf und es begann zu nieseln. In der Nacht verwandelte sich das Nieseln in einen ergiebigen Regen und der Wind in einen kräftigen Sturm, der heulend um die Häuser fegte und dicke Regentropfen gegen die Fensterscheiben peitschte. Das war an der Nordseeküste zwar kein seltenes Ereignis, da das Wetter meistens von jetzt auf gleich und wie es ihm in den Kram passte umschlug, dennoch riss der tosende Sturm Tami aus ihren Träumen. Leider. Gern wäre sie dort noch ein Weilchen länger geblieben. Sie war nämlich auf Filou ihr erstes Dressurturnier geritten und hatte den fulminanten zweiten Platz belegt. Sie hatte währenddessen sogar richtiges Herzklopfen gehabt – obwohl es bloß ein Traum gewesen war. Der erste Platz war völlig zu Recht an ihre beste Freundin Marit auf ihrem Wallach Peppino gegangen. Aber am besten hatte Tami, neben ihrer eigenen Platzierung, die Siegerehrung gefallen, bei der Wonzi und seine idiotischen Freunde ihnen die gelben und grauen Turnierschleifen hatten überreichen müssen. Die dummen Gesichter, die die Jungs dabei gemacht hatten, waren einfach zum Piepen gewesen. Ihre Mienen hätte sich Tami gern noch länger angesehen, zumal sie so eine Situation in der Realität wohl nie erleben würde.

Nun lag sie wach in ihrem Bett, die Decke bis zur Nasenspitze hochgezogen, lauschte dem Heulen des Unwetters und starrte an die Zimmerdecke. Brutus hatte sich am Fußende zusammengerollt. Er schlief tief und fest und ließ sich kein bisschen durch das Unwetter stören. Draußen grollte es bedrohlich. Dann zuckten erste Blitze über den nächtlichen Himmel und leuchteten nahezu taghell in Tamis Zimmer, obwohl sie die schweren Vorhänge fast komplett zugezogen hatte. Um den Kater nicht zu stören, rollte sie sich vorsichtig zur Seite, winkelte die Beine an und kuschelte sich in ihre warme Bettdecke. Ihre Gedanken wanderten bei jedem Donnern zu den

Pferden der Reitschule. Wie es ihnen bei dem Gewitter wohl ging? Tami wusste zwar, dass die Tiere abends von der Koppel in den Stall gebracht wurden, dennoch sorgte sie sich ein wenig. Speziell um Zafira. Hoffentlich regte sich die trächtige Stute nicht unnötig wegen des Naturspektakels auf.

Der Sturm blies mindestens mit Windstärke acht über das Land, schätzte Tami, und die Stute sollte in ihrem Zustand so wenig Aufregung wie möglich erleben, um eine Frühgeburt zu vermeiden. Zafira war zwar nicht ihr Pferd, trotzdem fühlte sich Tami für sie verantwortlich. Besonders, seit sie sich in ihrer Freizeit um die Stute kümmerte.

Unruhig rollte sich Tami wieder auf die andere Seite und schwang dann kurz entschlossen ihre Beine aus dem Bett. Brutus hob kurz das Köpfchen und schaute ihr verschlafen hinterher, als sie auf nackten Sohlen zum Fenster tapste. Sie schob einen der Vorhänge beiseite, setzte sich auf die breite Fensterbank und spähte nach draußen. Erbsengroße Regentropfen prasselten gegen die Sprossenfenster und die Äste der alten Eiche im Garten ächzten und bogen sich im Sturm gefährlich. Weltuntergangsstimmung pur wie in einem Film. Was wohl Marit, Anneke und Zoe gerade machten? Bestimmt schliefen sie tief und fest, und sie selbst war die Einzige, die von dem Unwetter aufgewacht war. Bei dem Gedanken an ihre Freundinnen musste Tami lächeln. Natürlich hatten ihre Freundinnen sie nach der geheimnisvollen Nachricht bestürmt und sofort wissen wollen, um welche Neuigkeiten es ging.

Muss ja was richtig Tolles sein, wenn du es so spannend machst, hatte Zoe ihr geschrieben.

Hätten wir uns nicht heute Abend noch treffen können? Du kannst uns doch nicht bis morgen früh zappeln lassen. Immerhin sind wir deine Freundinnen, hatte wiederum Marit protestiert. *Und vor Freundinnen kann man unmöglich so lange Geheimnisse haben.*

Bis zum Schulbeginn morgen früh bin ich bestimmt schon vor Neugier gestorben und werde deswegen nie erfahren, was dieses megageheime Ereignis gewesen ist, hatte Anneke theatralisch gemeint. *Und das kannst du doch nicht wirklich wollen. Bitte, bitte, liebe Tami, hab Mitleid mit uns. Verrate uns endlich, um was es geht. Ja?*

Aber Tami war wild entschlossen, das Geheimnis erst am nächsten Morgen zu lüften, wenn sie sich sicher war, dass sie und ihre Freundinnen sich ungestört im Stall unterhalten konnten. Trotz allen Bittens und Bettelns war sie standhaft geblieben. Selbst dann, als Zoe angedeutet hatte, auch ein Geheimnis zu haben, das sie im Austausch gegen Tamis Geheimnis verraten würde. Aber Tami hatte sich nicht darauf eingelassen und ihren Freundinnen kein Sterbenswörtchen verraten.

Fröstelnd rieb sie sich über die Arme. Sie war zwar müde, doch das Heulen des Windes würde sie garantiert nicht einschlafen lassen. Also konnte sie theoretisch auch gleich aufstehen.

Tami wandte sich vom Fenster ab, lief zu ihrem Kleiderschrank und zog eine Jeans und ein grünes Oberteil heraus.

Als sie eine halbe Stunde später frisch geduscht und fertig angezogen mit Brutus im Schlepptau in die Küche kam, deckte ihr Vater bereits den Tisch für das Frühstück. Wie immer war er zusammen mit ihrer Mutter in aller Herrgottsfrühe aufgestanden, um später mit Peer die Brötchentour zu fahren. Sie belieferten die beiden Tidelunder Hotels, zahlreiche Pensionen und sogar das Nordlicht mit vorbestelltem frischem Brot und Brötchen aus der Backstube.

„Moin, Tami. Du konntest bei dem Sturm wohl auch nicht schlafen, was?“, begrüßte er sie gut gelaunt.

„Nein, absolut nicht. Das ewige Pfeifen und Heulen ist ja nicht zum Aushalten. Dafür hat Brutus geschlafen wie ein Murmeltier und jetzt hat er Hunger.“ Sie streichelte dem Kater zärtlich über das seidige Fell, während er um ihre Beine strich, um dann wenig später in den Katzenkorb auf dem Kachelofen zu springen. Das war sein absoluter Lieblingsplatz in der Küche, von dem aus er alles im Blick behalten konnte und den er nur für eine gut gefüllte Futterschale verließ.

„Kann ich nachher beim Brötchenservice mitfahren?“, erkundigte sich Tami, während sie ein Schälchen mit frischem Wasser füllte und eine Dose Katzenfutter öffnete. Der Sturm bot ihr praktischerweise einen Vorwand, vor der Schule noch mal zum Stall zu müssen.

„Willst du uns etwa helfen?“ Herr Claasen zog die Augenbrauen hoch und beobachtete seine Tochter dabei, wie sie das Wasser und das Futter auf das Deckchen vor der Heizung stellte. Brutus wartete schon mauzend und trampelte ungeduldig mit den Hinterpfoten.

„Na ja, wenn ich doch sowieso nicht schlafen kann …“, antwortete Tami ausweichend, um ihrem Vater die Möglichkeit zu geben, eins und eins zusammenzuzählen.

Herr Claasen lächelte seine Tochter wissend an. „Ich glaube, ich weiß, woher der Wind weht. Du willst kontrollieren, ob bei den Pferden alles in Ordnung ist. Und wir sollen dich auf unserer Tour am Stall absetzen. Richtig?“

„Hm, ja“, gab sie zu.

„Wusste ich es doch, dass du kein plötzliches Interesse für unseren Lieferservice entwickelt hast.“

„Besonders nach Zafira möchte ich sehen. Sie bekommt doch demnächst ihr Fohlen. Da ist jede zusätzliche Aufregung das pure Gift für sie.“ Dass sie auch gleichzeitig mit ihren Freundinnen im Stall verabredet war, verschwieg Tami. Immerhin handelte es sich dabei ja um ein Geheimtreffen und das musste auch geheim bleiben.

„Verstehe.“ Ihr Vater nickte. „Also gut, ich nehme dich mit und setze dich dann an der Reitschule ab. Aber zuerst frühstückst du. So wie Brutus." Er zeigte auf den Kater, der bereits die Hälfte seiner Futterration vertilgt hatte.

„Abgemacht."

Es goss immer noch wie aus Kübeln, als der weiße VW-Bus mit quietschenden Reifen vor dem Reitstall hielt. Wie immer mussten sich Tamis Vater und ihr Bruder beeilen, um alle Bestellungen rechtzeitig auszuliefern. Der zusätzliche Abstecher gestaltete ihr Zeitfenster noch enger.

„Hast du auch an alles gedacht?", vergewisserte sich Tamis Vater mit einem prüfenden Blick in den Rückspiegel.

„Klar, meine Schulsachen sind alle hier drin." Tami, die auf der Rückbank saß, zeigte zum Beweis auf ihren neuen Rucksack und zog sich die Kapuze ihrer blauen Regenjacke über den Kopf.

„Und geh pünktlich zur Schule los, damit du nicht zu spät zum Unterricht kommst. Das musste ich deiner Mutter nämlich hoch und heilig versprechen, wenn du schon so früh zu den Pferden gehst", ermahnte sie ihr Vater.

„Natürlich. Marit und ich brechen rechtzeitig auf. Reiterehrenwort." Tami hob zwei Finger und öffnete die Tür des Bullis. „Im Notfall erinnert uns Frau Kellinghaus schon daran."

„Und pack nicht aus Versehen ein Pony ein", scherzte Peer vom Beifahrersitz, wobei er herzhaft gähnte. Eigentlich war das gar nicht seine Zeit. Normalerweise war er ein Langschläfer, und wenn er freihatte, verließ er vor Mittag nicht das Bett.

„Du bist echt unmöglich." Tami lachte ihren großen Bruder an, während sie mit einer Hand ihr Gesicht vor dem Regen abschirmte, den der böige Wind ihr entgegenwehte.

„Dann also bis später!", rief Herr Claasen.

„Okay. Bis später dann!" Tami musste die Kapuze ihrer Regenjacke festhalten, damit sie ihr nicht vom Kopf geblasen wurde. Mit schnellen Schritten eilte sie zu dem aus roten Backsteinen errichteten Gebäude und zog die grüne Stalltür auf.

Nachdem sie die Tür hinter sich zugezogen hatte, drangen die heulenden Geräusche des Sturmes nur noch gedämpft an ihre Ohren. Sofort umfing Tami eine friedliche und ruhige Stimmung. Der Stall war in ein dämmriges Licht getaucht, das von einer Lampe in der Sattelkammer herrührte. Sie leuchtete schwach auf die Stallgasse und war vermutlich von einem der Stallburschen nach der morgendlichen Fütterung vergessen worden. Durch die milchigen Fensterscheiben fiel lediglich ein gräulicher Schimmer, der es durch die Regenwolken geschafft hatte. Die morgendliche Ruhe wurde nur durch gelegentliches Schnauben und ein paar summende Fliegen gestört. Tami atmete tief ein. Sie liebte den typischen Stallgeruch, eine Kombination aus frischem Heu, eingefetteten Ledersätteln und dem charakteristischen Pferdeduft.

Leisen Schrittes trat sie zu Zafiras Box am Ende der Stallgasse. Es handelte sich um eine besonders geräumige Eckbox, die die trächtige Stute vor Kurzem bezogen hatte. Zafira stand dösend im Stroh und ließ dabei ganz entspannt die Unterlippe hängen. Das stürmische Wetter schien ihr genauso wenig auszumachen wie Brutus. Tami war erleichtert und öffnete die Boxentür. Sie trat neben Zafira und strich ihr vorsichtig über den seitlichen Bauch.

„Eine ganz Feine bist du", flüsterte sie zärtlich.

Vom Hof her erklangen gedämpfte Stimmen. Dann wurde die Stalltür geräuschvoll geöffnet.

Tami reckte den Hals und erblickte Marit, Zoe und Anneke, ebenfalls in Regenjacken, in der Stallgasse. Zoe trug einen zweiten Rucksack in ihrer rechten Hand, der anscheinend bis oben hin gefüllt war. Tami trat aus Zafiras Box und verriegelte sie.

„Moin, Tami! Na, das ist ja eine Überraschung“, begrüßte sie Marit. „Wir dachten, wir sind überpünktlich und du kommst bestimmt später.“

„Guten Morgen. Nein, ich wollte schon mal nach Zafira sehen … wegen des Sturms und so“, erklärte Tami.

„Das trifft sich gut, dann können wir endlich unsere Geheimnisse lüften“, meinte Zoe und stellte einen der Rucksäcke in der Stallgasse ab. „Wir haben uns extra früh aus dem Internat geschlichen.“

„Gott sei Dank war Marit auch schon wach“, fügte Anneke hinzu. „Ich kann es gar nicht erwarten, endlich von euren Geheimnissen zu erfahren.“

„Ich bin auch schon gespannt wie ein Flitzebogen“, stimmte Marit zu und rieb sich verschwörerisch die Hände.

„Also gut. Wer zuerst?“, fragte Zoe.

Tami machte eine Handbewegung: „Ladys first.“

„Okay.“ Zoe vergewisserte sich noch einmal, dass sich außer ihnen niemand sonst in der kleinen Stallgasse befand. „Also hört zu. Ich habe eine Idee, wie wir den Jungs einen Denkzettel verpassen können“, begann sie mit gedämpfter Stimme.

„Oh, toll! Ein Streich! Schleppst du etwa deswegen den zweiten Rucksack mit dir herum?“

Zoe nickte. „Guckt mal.“ Sie zog den Reißverschluss auf und zauberte ein Dutzend Fahrradschlösser hervor.

Tami runzelte irritiert die Stirn. „Fahrradschlösser? Muss ich das jetzt verstehen?“, fragte sie und schaute zwischen ihren Freundinnen hin und her, die anscheinend genau verstanden, was Zoe vorhatte, und äußerst begeistert von ihrem Plan waren.

„Genial!“, befand Marit.

„Einfach perfekt“, ergänzte Anneke eifrig.

„Danke für die Blumen“, nahm Zoe freudig das Lob entgegen.

Tami schüttelte den Kopf. „Vielleicht bin ich ja schwer von Begriff, aber ich verstehe nur Bahnhof. Könnte mich mal jemand aufklären, was es mit dieser genialen Idee auf sich hat?“

„Es ist ganz einfach. Ich habe gestern vor dem Abendbrot zufällig mitbekommen, wie sich die Jungs darüber unterhalten haben, dass sie heute Nachmittag mit den Rädern zum Fußballturnier nach Westerkoog fahren wollen. Und da dachte ich mir, das ist die perfekte Gelegenheit, um es ihnen heimzuzahlen. Im Fahrradkeller habe ich die Schlösser mit den dazugehörigen Schlüsseln in einer Kiste gefunden und eingepackt“, erklärte Zoe.

„Tut mir leid, aber ich begreife es immer noch nicht. Was haben denn die Fahrradschlösser mit dem Fußballspiel zu tun?“

„Das ist doch logisch. Wie kommen die Jungs denn zum Sportplatz?“

„Ah, verstehe!“ Tamis Miene hellte sich augenblicklich auf.

„Damit wäre Zoes Geheimnis gelüftet. Bleibt noch deins, Tami.“ Marit schaute ihre Freundin erwartungsvoll an.

„Oh ja! Spann uns bitte nicht länger auf die Folter. Ich bin seit gestern schon ganz hibbelig.“ Anneke hüpfte wie zum Beweis von einem Bein auf das andere, was aber eher so aussah, als müsste sie mal ganz dringend für kleine Mädchen.

„Ich war doch gestern Nachmittag bei meinem Vater am Strand." Tami erzählte ihren Freundinnen von der zufälligen Entdeckung, die sie am Pfahlbau gemacht hatte. Anneke, Marit und Zoe lauschten ihrem Bericht gespannt, und als Tami zum Ende kam, glänzten ihre Augen vor Begeisterung. „Die Muschelkiste ist der perfekte Treffpunkt für uns. Dort sind wir völlig ungestört und müssen keine Angst haben, von irgendwem belauscht zu werden."

„Großartig!"

„Treffpunkt Muschelkiste! Wie genial ist das denn", jubelte Zoe.

„Sobald wir das mit den Fahrradschlössern erledigt haben, können wir sofort zum Strand gehen. Ich zeige euch dann unseren neuen Treffpunkt", sagte Tami.

„Hoffentlich hört der Sturm bis zum Nachmittag auf, sonst wird das Fußballspiel noch abgeblasen und wir müssen unseren schönen Streich vertagen", befürchtete Marit.

„Hoffentlich ist der Wettergott auf unserer Seite."

„Du meinst wohl, der Fußballgott." Tami zwinkerte Zoe zu.

Anneke schaute auf ihre Uhr. „Mist! Wenn wir nicht zu spät zur ersten Stunde kommen wollen, müssen wir uns echt beeilen!"

Der Denkzettel

Die Mädchen hatten Glück: Der Wetter- und der Fußballgott schienen ein Einsehen zu haben. Im Laufe des Vormittags hatte sich das Sturmtief aus Tidelund zurückgezogen. Die Sonne lachte von einem strahlend blauen Himmel, als hätte es das Unwetter zuvor nie gegeben.

Nach der letzten Schulstunde bezogen die Freundinnen Stellung hinter einem großen Busch. Auf der anderen Seite des Schulhofs standen die Räder von Wonzi und seinem Gefolge. Alles war ruhig. Niemand schien sich zu diesem Zeitpunkt im hinteren Teil des Hofes aufzuhalten.

„Die Luft ist rein, Mädels. Los, beeilen wir uns, bevor jemand kommt", sagte Zoe und auf ihr Kommando hin flitzten sie los.

„Das sind diese besonders sicheren Schlösser

aus Panzerkabel“, erklärte Zoe zufrieden, als sie die Räder mit dem Fahrradständer verbanden.

„Das kriegen die nie auf. Mit keinem Taschenmesser der Welt.“ Marit rüttelte prüfend an einer der Metallketten.

„Das schöne Fußballspiel.“ Anneke gluckste. Ihr tat es natürlich überhaupt nicht leid, dass Wonzi und seine Bande eine Überraschung erleben würden.

„Verdient ist verdient“, fand Tami.

„Lasst uns lieber schnell verschwinden, bevor sie vom Sportunterricht kommen oder uns jemand anderes bei der Aktion erwischt“, sagte Marit und blickte zum Eingang der Turnhalle.

Die Mädchen bezogen wieder ihr Versteck.

Es dauerte nicht lange, da öffnete sich die Tür der Sporthalle und die Schüler strömten heraus. Unter ihnen auch Wonzi und die anderen: Otto, das Plappermaul, der schmächtige Krusch, Jonas und Mats, der Sohn des Dorfpastors.

„Jetzt geht die Show los.“ Zoe kicherte aufgeregt.

„Psst, nicht so laut!“

Zoe hielt sich vorsichtshalber den Mund zu.

„Hoffentlich gelingt unser Streich und Wonzi

entpuppt sich nicht als professioneller Fahrradschlossknacker", flüsterte Tami Marit zu.

Zuerst schienen die Jungs überhaupt nicht zu bemerken, dass ihre Räder mit fremden Schlössern angekettet waren. Erst als sie die Drahtesel aus dem Ständer ziehen wollten, verstanden sie allmählich, was los war.

„Wer war das?" Wonzi rüttelte aufgebracht an einem roten Fahrradschloss. „So eine miese Aktion! Wenn ich die in die Finger kriege!"

„Das können doch nur diese dummen Pferdehühner gewesen sein", fluchte Otto und trat mit dem Fuß gegen den Metallständer.

„Unter Garantie waren die das! Das riecht doch förmlich nach Pferdemist", spie Mats wütend aus und verschränkte die Arme.

„Ausgerechnet heute, wo wir doch zum Fußballspiel wollen!"

„Das soll bestimmt ihre Rache an uns sein", schimpfte Mats und probierte vergeblich, eins der Schlösser aufzukriegen.

„Und was jetzt?", fragte Krusch und sah Wonzi ratlos an. „Das Fußballspiel können wir uns wohl in die Haare schmieren."

Wonzi schüttelte entschlossen den Kopf. „Niemals! Wir werden auf jeden Fall fahren. Wäre ja noch schöner, wenn wir uns das Spiel von den Mädchen vermiesen lassen würden."

„Ja, und wie, Wonzi? Willst du etwa mit einem Taxi zum Sportplatz fahren? Wenn wir laufen, kommen wir nicht vor dem Abpfiff an", meckerte Otto. „Wenn überhaupt."

„Quatsch! Wir gehen zur Hausmeisterwohnung. Der Rotbarsch hat doch allerhand Werkzeug in seinem Kabuff. Damit wird es kein Problem sein, die Schlösser zu knacken. Los, Leute! Wir müssen uns echt beeilen und nachher ordentlich in die Pedale treten, wenn wir den Anpfiff noch mitkriegen wollen."

„Okay", rief Krusch. „Dann auf zu Rotbarsch!"

„Einverstanden", stimmte Otto zu.

Die fünf rannten hinter den Internatskomplex, wo sich die Hausmeisterwohnung befand.

Kaum waren die Jungs um die Ecke verschwunden, liefen die Mädchen zurück zu den Rädern und schlossen rasch die Ketten auf. Wenig später beobachteten sie atemlos, wie die Jungs mit Rotbarsch im Schlepptau anmarschierten. Der Hausmeister schleppte in einer Hand einen wuchtigen Werkzeugkoffer, in der anderen hielt er eine große Zange. Dabei zog er ein ziemlich mürrisches Gesicht. Er schien keineswegs erfreut zu sein, nach Unterrichtsschluss Fahrräder aufknacken zu müssen.

„Mensch! Hat der Rotbarsch vielleicht eine miese Laune“, flüsterte Marit und grinste.

„Was meinst du, wie mies seine Laune erst wird, wenn er sieht, dass es gar keine Schlösser gibt und er ganz umsonst sein Werkzeug geholt hat“, meinte Tami.

Rotbarsch stellte geräuschvoll den Werkzeugkasten ab und holte einen Bolzenschneider heraus, mit dem er sich ans Werk machen wollte. Doch dann hielt er inne und stemmte die Hände in die Hüften. „Sagt mal, Kollegen, wollt ihr mich verhohnepipeln? Meint ihr, ich bin blöd, oder was?“

„Wieso?“, fragte Otto.

Wonzi, Krusch und Mats beugten sich vor, um besser sehen zu können, worüber Herr Wächter sich so aufregte.

„Die Räder sind doch gar nicht angeschlossen. Was soll der Quatsch?“, polterte Rotbarsch nun los, wobei sich sein Gesicht zunehmend der Farbe seiner Haare anglich.

Wonzi schluckte. „Äh … das kann gar nicht sein.“

„Wir wollen Sie bestimmt nicht veräppeln, Herr Wächter. Also gerade eben waren die Räder noch mit Schlössern angekettet. Das verstehe ich jetzt nicht. Wirklich!“

„Echt, Herr Wächter, die waren da. Das müssen Sie uns glauben. Wir haben sie mit eigenen Augen gesehen.“ Aufgeregt wischte sich Otto mit dem Handrücken den Schweiß von der Stirn.

„Ja, wir können das bezeugen. Stimmt doch, Mats?“, beteuerte Krusch.

Mats nickte bloß und schaute dabei ziemlich ratlos aus der Wäsche.

Die Mädchen hingegen kringelten sich vor Lachen und wischten sich Lachtränen aus den Gesichtern. Die verdatterten Gesichter der Jungs und außerdem ein äußerst übel gelaunter Rotbarsch, das war einfach zum Schießen!

„Wollt ihr etwa damit sagen, ich hätte Tomaten auf den Augen, oder was?“, schnauzte der Hausmeister nun und packte ärgerlich den Bolzenschneider wieder zurück in den Werkzeugkasten. „Das wird ein Nachspiel haben, Kameraden“, drohte er. „Das werde ich dem Direktor melden.“ Wutentbrannt stapfte er ins Schulgebäude. Zurück blieben die ratlosen Jungs, die ihm verdattert nachschauten und die Welt nicht mehr verstanden.

Krusch bekam einen spontanen Hustenanfall und kramte in seiner Tasche nach seinem Asthmaspray. Er schüttelte die silberne Dose kräftig, führte sie zum Mund, atmete tief ein und betätigte gleichzeitig den Sprühknopf. Das war eindeutig zu viel Aufregung für ihn.

„Mist! Der bringt es fertig und geht damit echt zum Direx“, stellte Otto fest.

„Wenn meine Eltern davon erfahren, verdonnert mich mein Vater bestimmt wieder dazu, bis Weihnachten die Sonntagsgottesdienste vorzubereiten. Einschließlich Anwesenheitspflicht“, jammerte Mats.

„Alles nur wegen dieser blöden Pferdetussis“, schimpfte Krusch, dessen Atmung sich wieder normalisiert hat.

„Jetzt hört mal mit der Heulerei auf!“, rief Wonzi seine Truppe zur Ordnung. „Lasst uns lieber endlich zum Fußballspiel fahren, statt hier rumzujammern. Vielleicht war das ja bloß eine leere Drohung und Rotbarsch geht gar nicht zu

Herrn Klawitter. Also erst mal abwarten und Tee trinken."

„Ist wohl das Beste", stimmte Otto zu.

Daraufhin schwangen sich die Jungs auf ihre Räder und begaben sich in Richtung Westerkoog.

Tami und ihre Freundinnen hatten alles von ihrem sicheren Versteck aus mit angehört. Vorsichtshalber blieben sie noch eine Weile hinter dem Strauch sitzen. Sie wollten damit vermeiden, im Nachhinein noch vom Hausmeister oder einem der Jungen entdeckt zu werden.

„Meint ihr, Rotbarsch meldet das wirklich dem Direktor?", fragte Tami, die den unerwarteten Verlauf des Streiches gar nicht mehr so lustig fand.

„Zuzutrauen wäre es ihm", meinte Marit nachdenklich.

„Pah! Und wennschon", sagte Zoe mit einer abwinkenden Handbewegung.

„Wie meinst du das?"

„Habt ihr etwa schon vergessen, welche Streiche die uns gespielt haben? Und dass Tami wegen des Klostreiches sogar eine Strafarbeit aufgebrummt bekommen hat?"

„Nein, natürlich nicht."

„Na also. Es ist nur gerecht, wenn Wonzi und die anderen ordentlich Ärger bekommen." Zoe verschränkte die Arme vor der Brust.

Marit nickte zustimmend.

„Ich weiß nicht", gab Tami zu bedenken. „Klar, ich habe zwar eine Strafarbeit bekommen und das war auch wirklich blöd. Aber es war eben die Grollich, unsere Klassenlehrerin, und nicht gleich Herr Klawitter, der Direktor. Das ist schon ein kleiner Unterschied. Wer weiß, nachher bekommen die Jungs deswegen noch einen Schulverweis."

„Und was willst du jetzt machen? Etwa zu Rotbarsch gehen und sagen, dass wir für den Streich verantwortlich sind?"

„Ich weiß nicht ..."

„Ich sage es nicht gern, aber in diesem Fall muss ich ausnahmsweise mal Wonzi zustimmen. Abwarten und Tee trinken scheint im Moment das Beste zu sein. Und wenn Rotbarsch tatsächlich beim Direx Meldung macht, können wir uns immer noch überlegen, was zu tun ist", schlug Marit vor.

Tami zuckte mit den Schultern. „Okay. Dann warten wir ab."

„So, jetzt beruhigt euch mal wieder und lasst uns über etwas Schönes reden“, beendete Zoe das Thema.

„Oh ja! Was ist denn jetzt mit unserem neuen Treffpunkt?“, wollte Anneke von Tami wissen. „Zeigst du ihn uns heute noch?“

„Klar. Aber dafür müssen wir bis nach dem Abendbrot warten. Erst dann ist keiner von der Strandaufsicht mehr dort.“

Gesagt, getan. Kurz darauf verließen die vier Mädchen ihr Versteck hinter dem Strauch und verabredeten sich für den frühen Abend am Pfahlbau.

Treffpunkt Muschelkiste

Gegen halb sieben trafen Marit, Anneke und Zoe am Pfahlbau ein.

Marit ritt hoch zu Ross über den weitläufigen Strand, wobei der rostbraune Schopf ihres Pferdes von dem wieder aufgefrischten Nordwind durcheinandergewirbelt wurde. Peppino war daran gewöhnt, ihm machte ein böiges Lüftchen nichts aus. Im Gegenteil: Er liebte es, mit Marit durchs Watt zu galoppieren! Dabei spritzte der feuchte Schlick so herrlich an seinen Beinen hoch und eine kräftige Brise umwehte seine Nüstern. Dann war er in seinem Element und wieherte vor Freude.

Nun band Marit das braune Pony an einem Pfahl an und gab ihm zum Abschied ein Leckerli. „Sei schön brav. Ich bin gleich wieder da, mein

Liebling.“ Peppino schnaubte wie zur Bestätigung und knuffte sie mit einem Nasenstupser in die Seite.

Tami wartete bereits ungeduldig. „Hier bin ich!“, rief sie den vier Mädchen zu, die gerade die Treppe zur Station hochstiegen. „Darf ich vorstellen? Das ist die Muschelkiste, unser neuer geheimer Treffpunkt. Und das hier“, Tami machte eine präsentierende Armbewegung und schob die lockeren Holzbretter beiseite, „ist der Eingang zu unserem Versteck. Folgt mir unauffällig.“ Sie verschwand auf allen vieren durch das Loch ins Innere des Pfahlbaus.

Ihre Freundinnen taten es ihr gleich und zwängten sich, eine nach der anderen, durch den schmalen Einstieg.

„Oh, ist das spannend“, stieß Anneke aus, als sie sich in dem dämmrigen Raum aufrichtete. Sie blinzelte und versuchte vergeblich, etwas zu erkennen. Dazu war es allerdings viel zu düster. „Ich fühle mich fast wie Ann bei einem Abenteuer der *Fünf Freunde*.“

„Moment, gleich könnt ihr etwas sehen.“ Tami tastete sich an der Wand entlang zum Lichtschalter. „Tadaaaa!“

Eine Leuchtstoffröhre flackerte geräuschvoll auf und erhellte augenblicklich den Geräteraum.

Zoe neigte den Kopf zur Seite und pfiff anerkennend durch die Zähne. „Nicht schlecht, Herr Specht.“

„Sind das alles Sachen von der Strandaufsicht?“, fragte Marit neugierig, während sie den Raum inspizierte, Schränke öffnete und die Plane anhob, unter der sich das Rettungsboot verbarg.

„Ja, alles. Wir dürfen nur nichts verrücken, wenn wir nicht auffliegen wollen“, mahnte Tami und zog vorsorglich die Bretter wieder vor die Öffnung, damit niemand sie entdeckte.

„Keine Sorge. Ist doch selbstverständlich, dass wir hier nichts anrühren. Wir werden uns völlig unauffällig verhalten, damit unser geheimer Treffpunkt möglichst lange unentdeckt bleibt“, versprach Anneke mit glänzenden Augen. Sie liebte Abenteuer und wollte später mal Biologin oder Detektivin werden. Dieses Versteck war absolut nach ihrem Geschmack.

Zoe zog die oberste Schublade eines Schranks auf und linste neugierig hinein. Dann zog sie etwas daraus hervor und prustete los.

„Was ist denn?“, wollte Anneke wissen.

„Worüber lachst du?“, wunderte sich auch Marit.

„Wisst ihr ... Hihi! ... Wisst ihr, was das ist?“, brachte Zoe nur mit größter Anstrengung hervor.

Die Mädchen bildeten einen Kreis um sie und schauten auf das rote Ding, das Zoe in der Hand hielt.

„Ein Fahrradschloss?“, fragte Anneke unsicher.

Alle fünf Mädchen brachen augenblicklich in ohrenbetäubendes Gelächter aus. Sie vergossen Lachtränen bei der Erinnerung an ihren Streich und die verdutzten Gesichter der Jungs. Ihre Bedenken, Herr Wächter könnte den Vorfall beim Direktor melden, waren mit einem Mal wie weggeblasen.

„Wie Wonzi geguckt hat, als Rotbarsch gefragt hat, ob sie ihn veräppeln wollen. Das werde ich nie vergessen“, japste Marit, deren Zwerchfell vom Lachen schon wehtat.

„Aufhören, aufhören! Ich kann nicht mehr“, stöhnte nun Anneke mit geröteten Wangen.

Die Mädchen kicherten noch eine Weile, doch als Tami plötzlich den Finger an ihre Lippen legte, verstummten sie sofort.

„Psst, seid mal still. Ich glaube, ich habe was gehört."

„Was denn?"

„Ich bin mir nicht sicher. Stimmen oder Schritte. Vielleicht hat auch bloß Peppino gewiehert", meinte Tami.

Die Freundinnen hielten angespannt den Atem an. Konzentriert lauschten sie auf das Knacken der Holzbalken und die vereinzelten Möwenschreie. Fast schien es, als hätte Tami sich vertan, doch dann hörten sie es auch: Von draußen näherten sich Schritte – und Stimmen.

„Da kommt jemand!"

„Was sollen wir tun?"

„Wir sitzen hier in der Falle!"

„Was machen wir, wenn man uns entdeckt?"

„Wir müssen uns verstecken. Marit, du kommst mit mir unter die Plane in das Boot." Tami griff nach der Hand ihrer Freundin.

„Und was machen wir?", fragte Zoe ängstlich. „In Luft auflösen geht schließlich nicht."

Die Stimmen kamen immer näher. Den Mädchen blieben nur noch ein paar Augenblicke, bevor man sie vielleicht entdecken würde.

Tami überlegte fieberhaft. „Ihr versteckt euch

in der Ecke neben dem großen Schrank. Da sieht man euch nicht."

In Windeseile flitzten die Freundinnen in ihre Schlupflöcher.

Tami knipste noch schnell die Neonlampe aus, bevor sie zu Marit unter die Plane kroch. Dann wagten sie es nicht mehr, sich zu rühren, aus Angst, entdeckt zu werden. Ihnen war klar, dass sie sich unbefugt in der Rettungsstation aufhielten und es großen Ärger geben würde, wenn man sie dort fand.

Mittlerweile hatten die Schritte die Holzbohlen des Pfahlbaus erreicht.

„Oh Gott", flüsterte Anneke und hielt sich die Hände vor den Mund.

„Psst", zischte Zoe eindringlich und drückte Annekes Hand.

Plötzlich vernahmen sie eine Stimme, die ihnen ziemlich bekannt vorkam.

„Die müssen hier irgendwo sein", sagte Wonzi. „Ihr glaubt doch nicht im Ernst, dass die den Klepper einfach zurücklassen würden."

„Aber wo?", hörten sie Krusch fragen.

Dann vernahmen die Mädchen einen schleifenden Laut und einen Moment später waren die

Stimmen der Jungs ganz nah. Sie waren im Geräteraum!

Das Licht der Lampe flackerte auf.

Anneke und Zoe drückten sich flach an die Wand. Tami und Marit schauten sich mit weit aufgerissenen Augen an. Die Jungen kannten den geheimen Eingang offensichtlich auch. Und nun? Das hatte ihnen gerade noch gefehlt!

„Und was machen wir jetzt mit dem Gaul?“, wollte Krusch wissen.

„Am besten nehmen wir ihn mit und verstecken ihn in irgendeinem leer stehenden Schuppen oder so. Das ist dann unsere Vergeltung für die Sache mit den Fahrradschlössern“, schlug Otto vor und erntete lautstarken Beifall.

Das war zu viel für Marit.

„Marit, nein!“, rief ihr Tami noch hinterher, doch ihre Freundin zog bereits die Plane zur Seite und stürmte auf die Jungs zu. „Untersteht euch! Ihr werdet gar nichts mit Peppino machen! Rührt ihn bloß nicht an!“

„Woher kommt die denn jetzt?“, rief Mats aus und schaute Marit an, als wäre sie ein Geist.

„Keiner von euch wird Peppino irgendwo hinbringen“, sagte nun auch Zoe, die mit Anneke im

Schlepptau aus ihrem Versteck kam und sich demonstrativ neben ihre Freundin stellte.

„Dafür müsst ihr zuerst an uns vorbei." Tami verschränkte entschlossen die Arme vor der Brust.

Die Jungs blickten einander baff an, und für einen Moment schien es, als hätte dieser Überraschungsmoment ihnen die Sprache verschlagen. Otto fing sich als Erster und verzog spöttisch den Mund.

„Da sind ja die Pferdehühner. Alle auf einen Schlag. Na, das trifft sich gut, denn ihr habt ja wohl nicht geglaubt, dass wir uns euren beknackten Streich einfach so gefallen lassen. Dafür werdet ihr bezahlen."

„Das war nur ausgleichende Gerechtigkeit", konterte Zoe selbstbewusst und sah ihm dabei fest in die Augen.

„Wegen eurer Spatzenhirnaktion mit dem Schulklo hat Tami eine heftige Strafarbeit aufgebrummt bekommen!", schimpfte Marit.

„Das tut uns aber leid", sagte nun auch Wonzi mit einem Grinsen im Gesicht.

Zoe ballte vor Wut die Hände zu Fäusten.

„Das mit dem Schulklo war im Gegensatz zu

eurer Sache total harmlos“, verteidigte Krusch sich und seine Freunde.

„Bitte? Bei dir piept es wohl gewaltig! Ich habe dafür richtig Ärger bekommen! Was soll daran bitte schön harmlos gewesen sein?“, fauchte Tami entrüstet. Das war ja an Unverschämtheit kaum noch zu überbieten!

„Ganz einfach. Wegen euch blöden Gänsen geht Rotbarsch jetzt zum Direktor und schwärzt uns an.“

„Das wisst ihr doch noch gar nicht“, entgegnete Anneke.

„Das hat er uns aber vorhin angedroht“, warf Otto vorwurfsvoll in den Raum und legte dann seinen Kopf schief. „Was macht ihr eigentlich hier in unserem geheimen Treffpunkt?“

„*Euer* geheimer Treffpunkt?“, fragten die Mädchen im Chor. Das wurde ja immer besser.

„Ich glaube, ich habe mich verhört“, meinte Marit.

„Normalerweise darf sich niemand in der Station aufhalten, wenn mein Vater und seine Kollegen von der Strandaufsicht nicht da sind“, klärte Tami die Jungs auf.

„Genau, und deswegen dürft ihr gar nicht hier

sein. Das ist nämlich verboten." Anneke funkelte Krusch angriffslustig an.

„Und was tut ihr dann hier?", fragte er herausfordernd.

„Wahrscheinlich habt ihr uns nachspioniert und wollt uns jetzt unseren Treffpunkt wegnehmen", vermutete Otto.

Und dann ging der Streit richtig los. Die Mädchen und Jungen beschimpften und beschuldigten sich gegenseitig. Und während sie sich anschrien und Vorwürfe machten, bemerkten sie gar nicht, wie die Zeit verstrich.

Ein markerschütterndes Wiehern riss sie plötzlich aus ihrem Wortgefecht.

„Das ist Peppino! Irgendetwas stimmt nicht!", rief Marit alarmiert und stürmte nach draußen.

Die anderen schauten sich kurz verwundert an und folgten ihr dann.

Kaum hatten sie sich auf der Holzveranda des Pfahlbaus versammelt, erkannten sie sofort, dass Marit recht hatte: Inzwischen hatte die Flut eingesetzt und die Priele liefen schon mit Wasser voll!

„Oh nein! Wie konnte uns das denn passieren?", schrie Anneke.

„Das ist alles nur wegen euch und der blöden Streiterei passiert", hielt Zoe den Jungen vor.

„Macht mal eine Pause mit der Kriegsführung. Das bringt uns jetzt nicht weiter", warf Tami ein.

Marit watete unterdessen zu Peppino und sprach besänftigend auf ihn ein. „Ganz ruhig, Dicker. Ich bin ja jetzt da."

Peppino schüttelte ängstlich den Kopf und versuchte, sich von dem Pfahl zu befreien.

„Brauchst du Hilfe?", rief Tami ihrer Freundin zu und beugte sich weit über das hölzerne Geländer, um besser sehen zu können.

„Nein, keine Hilfe. Danke. Das würde ihn nur noch nervöser machen. Ich muss das allein hinkriegen", kam die Antwort von Marit. „Du brauchst keine Angst zu haben", unternahm sie einen neuen Versuch. Und es klappte. Peppino beruhigte sich zusehends und ließ sich von seiner Besitzerin vom Pfosten losbinden. „Puh, geschafft!" Marit seufzte erleichtert, als sie auf Peppinos Rücken saß.

Tami und die anderen stiegen die Holztreppe am Pfahlbau hinab und kamen zu ihr.

„Jetzt müssen wir uns aber sputen. Wir dürfen keine Zeit mehr verlieren. Die einsetzende Flut ist extrem gefährlich und bis zum Deich brauchen wir mindestens noch zehn Minuten", drängte Tami.

Marit nickte ihrer Freundin entschlossen zu. „Ich reite vor. Bleibt dicht bei mir."

„Wir brauchen doch kein Mädchen, um zu dem blöden Deich zu kommen", entgegnete Otto aufmüpfig, kassierte aber einen bösen Blick von Wonzi.

„Kannst du etwa sehen, was sich unter dem Meerwasser befindet? Was ist, wenn du in ein Loch trittst?"

Otto brummelte etwas Unverständliches vor sich hin, nickte aber schließlich. „Okay."

Zu allem Überfluss zog nun auch noch Nebel auf. Er verdichtete sich innerhalb von wenigen Minuten zu einer undurchsichtigen Suppe, sodass sie den rettenden Damm bald nicht mehr erkennen konnten.

„Oh, verdammt! Man kann ja keine drei Meter mehr sehen", schimpfte Zoe und versuchte vergeblich, die Nebelschwaden zu verscheuchen.

„Wisst ihr eigentlich, wo wir sind?", fragte Anneke und spähte angestrengt nach links und rechts. „Ist es noch weit?"

Tami lief neben Peppino her und drehte sich zu den anderen um. „Eigentlich müssten wir gleich da sein“, antwortete sie zuversichtlich, obwohl sie sich auch nicht sicher war. Ihr sonst so gut funktionierender Orientierungssinn schien sie zum ersten Mal im Stich zu lassen.

„Hoffentlich! Meine Schuhe bleiben die ganze Zeit in dem nassen Boden stecken“, jammerte Krusch.

„Dann zieh sie doch aus“, schlug Tami vor. „Ohne Schuhe bist du schneller.“

Doch das kam für Krusch nicht infrage.

Die Situation wurde immer gruseliger, je länger sie durch das Watt liefen. Weit und breit war kein Deich zu sehen. Fast schien es so, als liefen sie die ganze Zeit im Kreis, anstatt sich ihm zu nähern.

Schließlich blieb die Gruppe stehen.

„Das schaffen wir doch nie im Leben rechtzeitig“, fluchte Wonzi ärgerlich. In seiner Stimme schwang ein besorgtes Zittern.

Tami schüttelte heftig den Kopf. „Quatsch! So was darfst du nicht sagen. Das darfst du noch nicht einmal denken!“ Sie biss sich auf die Lippen. Es war wichtig, dass sie einen klaren Kopf behielt und die Stimmung nicht in Panik umschlug.

Sie setzten sich wieder in Bewegung.

Während Tami sich weiter Vorwürfe machte, dass sie die Gezeiten vergessen hatte, hörte sie plötzlich von Weitem panisches Pferdegewieher. „Was war das?“ Abrupt blieb sie stehen und horchte in den Nebel. „Habt ihr das auch gehört?“

„Hat sich wie Pferdegewieher angehört“, sagte Marit.

„Ja, so hat es sich für mich auch angehört“, bestätigte Zoe. „Woher kam das?“

Krusch zeigte ihnen einen Vogel. „Pferdegewieher im Watt? Ihr spinnt doch komplett. Lasst uns mal besser einen Zahn zulegen, damit wir den Rest der Strecke nicht schwimmen müssen.“

Doch im gleichen Moment erklang das Geräusch erneut und dieses Mal antwortete Marits Pony Peppino mit einem Wiehern. Es handelte sich ohne Zweifel um ein Pferd, das irgendwo im Watt in Not war.

„Ich will jetzt endlich an Land“, murrte Wonzi.

Jetzt reichte es Zoe. Sie baute sich vor dem mindestens zehn Zentimeter größeren Wonzi auf. „Das wollen wir alle, du Holzkopf. Und wir haben genauso große Angst wie du. Aber zuerst müssen wir dieses Pferd finden, das vermutlich unsere Hilfe braucht. Begreifst du das?"

„Hm", brummte er widerwillig. „Aber dann lasst uns schnell machen."

„Gut. Lass Peppino einfach laufen. Er wird uns zu dem anderen Pferd bringen. Da bin ich mir sicher", schlug Tami Marit vor.

Kurz darauf setzte sich das Pony in Bewegung. Die Kinder folgten ihm, während Peppino sie in das steigende Wasser führte. Bald mussten sie ihre Arme zur Hilfe nehmen, um besser durch das Wasser waten zu können.

Nach einigen Metern machten sie im Nebel eine schemenhafte Bewegung aus und vernahmen nervöses Schnauben.

„Oh nein!" Tami erkannte als Erste, welches Drama sich wenig entfernt von ihnen ereignete: Auf einer umspülten Sandbank stand Zafira!

„Das gibt's doch nicht! Wie kommt denn der Gaul ins Watt?", wunderte sich Otto.

„Vermutlich ist sie von der Weide ausgebüxt, dann zum Strand gelaufen und wurde von der einsetzenden Flut überrascht", vermutete Marit.

Tami versuchte, schneller zu der Stute vorzudringen, stolperte dabei aber über eine Unebenheit und fiel der Länge nach ins Salzwasser.

Sofort war Wonzi an ihrer Seite und half ihr hoch. „Danke“, brachte Tami verdutzt heraus und ergriff die Hand, die er ihr anbot.

„Los. Lass uns dem Pferd helfen“, sagte er und zog sie hoch.

Sogar den anderen Jungs schien mittlerweile klar zu sein, dass sie Zafira helfen mussten. Und so wateten sie ohne Murren durch die weiterhin ansteigende Flut bis zu der Sandbank, auf der die Stute feststeckte.

Tami ging vorsichtig auf Zafira zu und redete leise auf sie ein. Doch die verängstigte Stute ließ niemanden an sich heran. Bei genauerem Hinsehen entdeckte Tami, dass sich Zafiras Hufe und Beine in einem alten Fischernetz verfangen hatten. Bei jeder Bewegung schloss sich das Netz enger um die Pferdefesseln. „Zafira, ich will dir doch nur helfen“, versuchte es Tami noch einmal, doch die Stute geriet nur weiter in Panik und scheute. „Verdammt. Was machen wir jetzt? Sie zittert wie Espenlaub und hat so viel Angst, dass sie mich gar nicht erkennt.“

Marit stieg von Peppino und übergab Anneke

die Zügel. „Rede Zafira weiter gut zu. Beruhige sie. Nur so können wir sie retten“, sagte sie eindringlich zu Tami. „Ich reite in der Zwischenzeit an Land und hole Hilfe.“ Aufmunternd drückte sie die Hand ihrer Freundin, dann schwang sie sich wieder auf Peppinos Rücken.

Gefahr im Watt

Marit war auf Peppino losgeritten, um Hilfe zu holen. Doch die Zeit lief ihnen davon und Tami wollte sich nicht auf die Hilfe vom Festland verlassen. Also redete sie weiterhin beruhigend auf Zafira ein.

Sie wusste nicht, wie und warum es geschah, aber nach einer Weile ließ Zafiras Widerstand plötzlich nach. Die Stute wurde merklich ruhiger und hörte auf, sich gegen Tamis Annäherungsversuche zu sträuben. Zentimeter um Zentimeter ging Tami auf Zafira zu. Dabei sprach sie unablässig auf das Pferd ein. „Prima, Zafira. Gleich bist du frei und wieder in deinem Stall, in Sicherheit“, murmelte Tami, während sie schließlich Zafiras Beine und Hufe behutsam aus den grobmaschigen Schlaufen des Fischernetzes befreite.

„Geschafft! Gutes Mädchen." Die Stute ließ sich von Tami das schlammverkrustete Fell streicheln und beruhigte sich immer mehr. Glücklich, dass sie Zafira befreit hatte, vergaß Tami für einen Moment, dass sie immer noch mitten in der Nordsee feststeckten.

„Können wir dann los?", drängte Otto.

„Ja, können wir. Ich glaube, Zafira weiß, wo es langgeht", sagte Tami und deutete auf die Stute, die mit gemächlichem Schritt bereits den Rückweg angetreten war. „Kommt, wir folgen ihr."

„Und was, wenn sie uns in die falsche Richtung führt?", warf Mats, der sich fröstelnd mit den Händen über die Arme rubbelte, skeptisch ein.

„Hast du eine bessere Idee? Kannst du vielleicht mit deinem Röntgenblick durch den Nebel schauen?", stichelte Zoe.

Zafira lotste die Gruppe zielstrebig durch das Wasser. Sie ließ sich nicht vom Nebel beirren und schien ein unsichtbares Ziel vor Augen zu haben. So kam es, dass sie nach kurzer Zeit einen milchigen Schein vor sich ausmachen konnten.

„Seht mal!", rief Tami erleichtert und deutete in die Richtung, aus der das flackernde Licht kam. „Da ist der Leuchtturm!"

„Gott sei Dank!“

„Ich schlage drei Kreuze, wenn ich nachher im Bett liege.“ Anneke seufzte erleichtert auf.

„Und ich werde eine ganze Tafel Schokolade vernichten, wenn wir wieder im Internat sind“, sagte Zoe, die schon wieder zu Scherzen aufgelegt war.

„Aber woher kannte der Gaul den Weg?“ Wonzi verstand die Welt nicht mehr. Für ihn schien es unbegreiflich, dass ein Pferd sie aus großer Gefahr gerettet hatte.

„Tja, du unterschätzt eben die Fähigkeiten von Pferden. Sie haben einen gigantischen Orientierungssinn. Sie wissen einfach, wo sich ihr Zuhause befindet.“

„Genau so ist es. Pferde finden immer wieder zum Stall zurück“, pflichtete Anneke Tami bei.

„Schaut mal, da vorn. Das ist der Deich. Und dort sind noch mehr Lichter“, rief Mats aus und zeigte auf fünf Lichtkegel, die vor ihnen aufblitzten.

Sie wurden bereits von Marit und ihren Eltern erwartet. Daneben standen Tamis Mutter und Frau Grollich, ihre Klassenlehrerin, mit einem Stapel Decken unter dem Arm.

„Dem Himmel sei Dank! Da seid ihr ja endlich!“, schluchzte Frau Claasen und schloss ihre Tochter in die Arme.

„Nun sind wir ja wieder da.“ Tami drückte sich fest an ihre Mutter.

„Wir haben uns solche Sorgen gemacht“, tadelte die Grollich sanft und verteilte Decken und heißen Tee, den sie aus einer Thermoskanne in Pappbecher goss.

Zafira lief derweil zielstrebig zu Frau Kellinghaus, die der Stute den Hals klopfte. „Da ist ja unsere Ausreißerin.“

„Wie konnte das eigentlich passieren? Das Gatter ist doch durch einen Riegel gesichert?“, fragte Marit ihre Mutter.

„Eigentlich schon. Doch Zafira hat anscheinend herausgefunden, wie sie den Riegel nach oben schieben und auf diese Weise einen Extraspaziergang einlegen kann. Das Tor muss dann wieder ins Schloss gefallen sein. Die anderen Pferde waren nämlich alle noch auf der Weide“, antwortete Frau Kellinghaus.

„Das gibt es doch nicht“, meinte Tami erstaunt. „Zafira ist ein richtig schlaues Pferd.“

„Und wie“, stimmte ihr Marits Mutter zu. „Wir

müssen das Tor unbedingt durch ein zusätzliches Schloss sichern, bevor wir sie wieder auf die Weide bringen."

Tami hatte so lange gebettelt, bis ihre Eltern ihr schließlich erlaubten, bei Zafiras Untersuchung durch den Tierarzt dabei zu sein. Wonzi und Mats machten sich auf den Weg nach Hause und die anderen mussten zurück ins Internat. Die Grollich hatte darauf bestanden, dass sie ganz schnell aus ihren nassen Klamotten kamen und heiß duschten.

Tami, Marit und ihre Mutter warteten ungeduldig vor Zafiras Box, während Doktor Hansen die Stute eingehend begutachtete und die Herztöne des ungeborenen Fohlens überprüfte. Einige Minuten später packte Doktor Hansen seine Instrumente in den schwarzen Arztkoffer und trat endlich auf die Stallgasse.

„Und, Herr Hansen? Wie geht es Zafira?", fragte Frau Kellinghaus.

Der Tierarzt lächelte. „Kein Grund zur Besorgnis. Der Mutter und ihrem Fohlen scheint der unfreiwillige Ausflug nicht geschadet zu haben."

„Gott sei Dank!", sagte Marit.

Frau Kellinghaus legte ihrer Tochter einen Arm um die Schulter und drückte sie. „Mir fällt auch ein Stein vom Herzen."

Tamis Beine fühlten sich auf einmal ganz wackelig an und sie setzte sich auf einen Strohballen. „Uff. Und mir erst!"

„Na, du scheinst an Zafiras gutem Zustand ja einen erheblichen Anteil zu haben, junge Dame." Doktor Hansen schaute sie mit gutmütigen Augen an. „Verrate mir doch mal, wie du es fertiggebracht hast, dass die völlig verängstigte Stute dich an sich herangelassen hat."

„Ach, ich weiß auch nicht genau." Tami überlegte, wie es dazu gekommen war, doch sie konnte sich kaum an Einzelheiten erinnern. „Wissen Sie, eigentlich habe ich nur mit ihr gesprochen, um sie zu beruhigen. Und irgendwann ist Zafira dann ruhiger geworden." Tami zuckte mit den Schultern.

„Hut ab. Das ist wirklich eine seltene Gabe, die du da hast. In dir scheint eine echte Pferdeflüsterin zu wohnen", bemerkte der Tierarzt anerkennend.

„Eine Pferdeflüsterin? Was ist denn das?", fragte Frau Claasen neugierig.

„Pferdeflüsterer sind Menschen, die nicht nur das Verhalten und die Körpersprache von Pferden verstehen, sondern auch ein besonderes Einfühlungsvermögen haben und dadurch direkt mit den Tieren in Kontakt treten können. Sie kommen ohne Peitschenhiebe und andere Machtdemonstrationen aus und verständigen sich mit dem Pferd durch Blicke und Gesten“, erklärte der Tierarzt.

„Das sind ja spannende Neuigkeiten“, sagte Frau Kellinghaus und zog sich den Reißverschluss ihrer Steppjacke zu. „Was halten Sie von einem heißen Tee?“

„Danke. Das Angebot nehme ich gern an.“

„Wir machen uns auf den Weg nach Hause. Es wird Zeit, dass du dir trockene Sachen anziehst“, sagte Frau Claasen an ihre Tochter gewandt.

„Erst jetzt merke ich, wie kalt mir eigentlich ist.“ Tami warf noch einen letzten Blick über die Schulter zu Zafira, die so friedlich Heu fraß, als hätte es das Abenteuer im Watt nicht gegeben. Ob sie wirklich eine Pferdeflüsterin war und Doktor Hansen damit recht hatte, wusste Tami nicht genau. Aber das wollte sie auf jeden Fall herausbekommen.

Riesiges Glück

„Wir lagen übrigens richtig“, sagte Tami.

„Womit?“, wollte Jessy am anderen Ende der Leitung wissen.

„Rotbarsch ist natürlich nicht zum Direktor gegangen. Das war bloß eine leere Drohung.“

„Da haben die Jungs aber mächtig Schwein gehabt. Mehr Glück, als sie eigentlich verdienen“, fand Jessy.

„Da hast du recht. Aber seit dem Erlebnis im Watt benehmen sie sich tatsächlich besser als früher und haben uns keine neuen Streiche gespielt.“

Jessy seufzte. „Ich bin so froh, dass am Ende alles gut ausgegangen ist!“

Tami schaute aus dem Fenster ihres Zimmers und beobachtete Brutus, wie er auf den Apfelbaum im Garten kletterte, um eine dicke Taube zu vertreiben, die sich auf einem Ast niedergelassen hatte. „Ja, ich bin auch froh, dass wir es geschafft haben. Vor allem darüber, dass Zafira und dem Fohlen nichts passiert ist.“

„Die große Geburt steht ja noch bevor. Oder?“

„Ja. Am liebsten würde ich in den Stall ziehen, bis es so weit ist, damit ich nichts verpasse.“

„Ich weiß genau, was du meinst. Übrigens habe ich auch eine Nachricht zu verkünden“, sagte Jessy in einem geheimnisvollen Ton.

„Ja? Was denn?“

„Du wirst es nicht glauben, aber meine Eltern haben tatsächlich einen Termin im Nordlicht ausgemacht“, platzte Jessy heraus.

„Echt? Wie toll ist das denn!“

„Ich freue mich auch wahnsinnig und kann es noch gar nicht recht glauben!“

Tami setzte sich an ihren Schreibtisch. „Dann sehen wir uns ja bald wieder.“

Im Hintergrund rief Jessys Mutter. „Ich muss nun leider auflegen. Bei uns gibt es jetzt Abendbrot.“

„Okay, kein Problem. Ich freue mich schon wahnsinnig darauf, dass du bald nach Tidelund kommst!“

Nach dem Telefongespräch lehnte Tami sich in ihrem Stuhl zurück und schloss die Augen. Sie lächelte. Sollte Jessy ebenfalls Schülerin im Nordlicht werden, würde sie mit all ihren Freundinnen auf die gleiche Schule gehen. Sie könnten nachmittags zusammen reiten und würden mit ihren vierbeinigen Lieblingen bestimmt viele aufregende Abenteuer erleben. Sie würde ganz fest die Daumen drücken, damit dieser Traum wahr werden würde!

Strandolympiade
und ein Gewitterfohlen

Überraschender Besuch

Die Sonne stand hoch am Firmament und strahlte mit dem blauen Himmel um die Wette, als würden sie untereinander einen Konkurrenzkampf austragen. Die Möwen kreischten und ließen sich im böigen Wind treiben. Es war Ende September und in Tidelund ließen die Touristenströme langsam nach. Wie immer, wenn sich die Urlaubssaison dem Ende zuneigte und die Tage allmählich kürzer wurden, begann es in dem beschaulichen Küstenort ruhiger zu werden. Die Strandkörbe wurden vom weitläufigen Strand eingesammelt und zum Überwintern in Lagerhallen gebracht. Auf den Salzwiesen leuchtete eine violette Blütenpracht, und nur noch vereinzelt sah man Kurgäste, die auf den Bänken am Deich ein Päuschen einlegten.

Am Samstagmittag hatte Tami es sich mit einem Buch über Fohlen und Jungpferde im Stall gemütlich gemacht. Von dem Strohballen aus, auf dem sie saß, hatte sie die Box der trächtigen Zafira gut im Blick. Sie war an dem schulfreien Tag beizeiten aufgestanden, hatte sich ihre Reithose und einen Kapuzenpullover angezogen und war direkt nach dem Frühstück mit dem Fahrrad zum Stall gefahren. Seit ein paar Wochen verbrachte sie noch mehr Zeit im Stall als sonst, damit sie sich intensiv um das Wohlbefinden ihres Schützlings kümmern konnte. Dabei ließ sie die trächtige Stute nicht aus den Augen und verwöhnte sie mit allerlei Leckereien. Tami achtete auf minimale Verhaltensänderungen der Stute: ob sie viel oder wenig fraß, wie aufmerksam sie ihre Umgebung beobachtete und ob sie Lust zum Schmusen hatte.

Tami kaute gedankenverloren auf einem Strohhalm herum und beobachtete Zafira, die zur Selbsttränke hinübergetrottet war, um ihren Durst zu stillen. Die Stute trank in großen Schlucken, während sie mit ihrem Schweif ein paar Fliegen verscheuchte. Ihr Fell glänzte selbst in dem gedämpften Licht, das im Stall herrschte.

Tami empfand es als ihre Pflicht, ein Auge auf die trächtige Stute zu haben. Schließlich war Zafira nun schon im elften Monat und das Fohlen konnte jetzt jeden Tag zur Welt kommen. Das meinte zumindest Doktor Hansen, der Tierarzt. Zafiras Bauch war mittlerweile so riesig, dass man fast meinen könnte, sie hätte einen Zeppelin verschluckt. Trotzdem wirkte die Stute völlig entspannt. Vor einigen Wochen war sie bereits in die große Eckbox am anderen Ende der Stallgasse umgezogen. Dort herrschte weniger Trubel, und es liefen nicht immer alle daran vorbei, die zur Sattelkammer oder Futterkiste wollten.

Im Gegensatz zu Zafira war Tami ein einziges Nervenbündel. Zafira musste sie nur schief von der Seite anschauen, und schon befürchtete Tami, dass die Wehen eingesetzt hatten.

„Man könnte fast meinen, du müsstest das Fohlen zur Welt bringen", hatte ihr großer Bruder Peer sie vor ein paar Tagen geneckt. Und das bloß, weil er zufällig den Zettel mit der Telefonnummer des Tierarztes entdeckt hatte, den seine kleine Schwester an Zafiras Boxentür befestigt hatte. Für den Fall aller Fälle, verstand sich. Sollte es Schwierigkeiten bei der Geburt geben, hatte man so sofort Doktor Hansens Nummer parat.

Auch wenn Marit meinte, dass das mit der Geburt bestimmt noch eine Weile dauern würde, hatte Tami jedes Mal, wenn sie den Reitstall verließ, weil sie nach Hause oder zur Schule musste, ein schlechtes Gewissen. Was, wenn ausgerechnet dann die Wehen kamen, während Tami sich mit unregelmäßigen Verben im Englischunterricht herumschlug? Oder noch schlimmer: Tami könnte die komplette Geburt verschlafen! Aber vielleicht hatte ihre beste Freundin ja doch recht. Schließlich hatte Marit schon viele Fohlengeburten miterlebt und kannte sich damit ziemlich gut aus.

Tami war gespannt, wer am Ende recht behalten würde: Doktor Hansen oder Marit.

Vom Hof her drangen Stimmen an Tamis Ohren und durchbrachen die friedliche Mittagsruhe im Stall. Nanu? Wer konnte das sein? Die meisten Internatsschüler waren zu ihren Eltern gereist und Samstagmittag war ohnehin Stallruhe bis um drei Uhr.

Tami klappte das Buch zu, legte es auf die grüne Futterkiste und stellte sich auf den Strohballen, um einen Blick nach draußen werfen zu können. Neugierig spähte sie durch das staubige Fenster, in dessen linker Ecke eine Spinne ihr Netz gesponnen hatte. Sie verdrehte den Kopf, so weit es ging, um etwas sehen zu können. Doch zunächst konnte sie niemanden ausmachen. Dann entdeckte sie Herrn Klawitter, den Schuldirektor, der wild mit den Armen in der Luft herumfuchtelte. Hinter ihm erschienen nun zwei Leute. Ein groß gewachsener Mann, der mit einer hellen Jeanshose und einem grünen Polohemd bekleidet war, und eine Frau in einer geblümten Bluse und einem knielangen Rock. Herr Klawitter begrüßte die beiden und begann dann, sie über den Hof zu führen. Dabei redete er geschäftig auf sie ein. Dahinter folgte, in einem Abstand von mehreren Metern, ein Mädchen mit Pferdeschwanz, das sich suchend umschaute.

Tami traute ihren Augen nicht. Das konnte doch nur eine Fata Morgana sein! Auch wenn die gewöhnlich in Wüsten vorkam und nicht an der Nordseeküste. Wahrscheinlich war sie bloß völlig übermüdet und bildete sich schon Dinge ein, die es gar nicht gab. Sie rieb sich die Augen. Doch die Fata Morgana blieb. Das war doch …

„Jessy?“, rief Tami ungläubig. Einen Moment

starrte sie noch ziemlich verdattert auf den Hof, dann stürmte sie aus dem Stallgebäude und rannte winkend auf das Mädchen zu. „Hey, Jessy! Huhu! Hier bin ich!“

Nun hatte das Mädchen mit dem Pferdeschwanz sie ebenfalls entdeckt. „Tami! Ach, ist das toll, dich hier zu sehen!“

„Mensch, Jessy! Du treulose Tomate! Warum hast du mir nicht gesagt, dass ihr heute kommt?“, fragte Tami und schloss ihre Freundin in die Arme.

„Es sollte doch eine Überraschung werden“, erklärte Jessy und strahlte ihre Freundin glücklich an.

Die zuckte lachend die Schultern. „Die Überraschung ist dir jedenfalls echt gelungen. Mensch! Ich fasse es immer noch nicht, dass du hier bist.“

„Ich auch noch nicht so ganz. Schon toll, dass meine Eltern sich endlich das Nordlicht ansehen. Wir sind heute ganz früh losgefahren.“

„Seit wann wusstest du denn, dass ihr herkommt?“

„Ungefähr seit zwei Wochen“, antwortete Jessy und verzog schuldbewusst den Mund.

„Und du hast mir nichts gesagt!“ Tami knuffte

ihre Freundin in die Seite. „Ich hätte das nie für mich behalten können.“

Jessy grinste Tami schelmisch an. „Mir ist es auch echt schwergefallen, nichts zu verraten. Aber ich wollte einfach dein erstauntes Gesicht sehen, wenn ich hier aus heiterem Himmel auftauche.“

In der Zwischenzeit waren die Erwachsenen im Schatten eines Baumes stehen geblieben und beobachteten interessiert, wie sich die beiden Mädchen begrüßten.

„Mama, Papa, das ist übrigens Tami. Meine Freundin, die ich hier während der Reiterferien kennengelernt habe“, rief Jessy und lief mit Tami zu ihren Eltern.

„Du bist das also.“ Frau Sommerfeld, Jessys Mutter, gab Tami die Hand.

Tami erkannte sofort, von wem ihre Freundin ihr Aussehen geerbt hatte. Die geschwungenen Lippen, die kleine Stupsnase, die zierliche Figur und auch die etwas zu groß geratenen Ohren hatte sie eindeutig von ihrer Mutter.

„Du hast also unsere Tochter davon überzeugt, Schülerin am Nordlicht werden zu wollen“, stellte Jessys Vater fest und zwinkerte Tami zu.

„Ehrlich gesagt, musste ich überhaupt nicht viel Überzeugungsarbeit leisten", meinte Tami. „Was kann es für einen Reiter denn Schöneres geben, als jeden Tag mit Pferden zusammen zu sein und sogar Reiten als Schulfach zu haben?"

„Genau", stimmte Jessy ihrer Freundin zu, hakte sich bei ihr unter und sagte nachdrücklich: „Und deswegen *muss* ich einfach hier zur Schule gehen!"

„Gegen diese unschlagbaren Argumente kommen wir natürlich nicht an", sagte Frau Sommerfeld zu ihrem Mann und dann an den Direktor gewandt: „Eine bessere Werbung kann Ihr Internat nicht bekommen."

„Das höre ich gern", meldete sich Herr Klawitter zu Wort, der das Gespräch bis dahin schweigend verfolgt hatte. „Ich würde Ihnen dann gerne noch unsere Reithalle und den Außenreitplatz zeigen."

„Kann ich bei Tami bleiben? Ich kenne die Reithalle und den Platz doch schon", bat Jessy ihre Eltern.

„Oh ja. Dann können wir gemeinsam zu Zafira gehen." Tami nickte aufgeregt.

„Geh schon. Wir treffen uns dann später wieder. Hast du dein Handy dabei?", fragte Herr Sommerfeld.

„Natürlich." Jessy beförderte ein mintgrünes Mobiltelefon aus der Gesäßtasche ihrer Jeans. „Dann bis später."

Die Erwachsenen setzten ihre Besichtigungstour fort und Tami lotste ihre Freundin zielstrebig zu den Stallungen. Sie liefen durch die schmale Stallgasse bis zu der breiten Eckbox am Ende des Ganges, wo das trächtige Tier untergebracht war.

Jessy blieb vor der Box stehen. „Ui, hat die aber eine Kugel", flüsterte sie, um die Stute nicht zu stören, und bestaunte Zafiras ausladenden Bauch. „Man kann sich gar nicht vorstellen, dass da wirklich ein Fohlen drin ist. Ich meine, von der Größe her schon, aber irgendwie ist es trotzdem ein bisschen komisch ..."

„Ich weiß genau, was du meinst", stimmte Tami ihrer Freundin flüsternd zu, umschloss mit beiden Händen die Metallstäbe der Boxentür und betrachtete Zafira. „Warst du eigentlich schon mal bei so einer Geburt dabei?"

„Du meinst bei einer richtigen Fohlengeburt?"

„Ja."

Jessy schüttelte den Kopf. „Und du?"

Tami schüttelte ebenfalls den Kopf. „Auch nicht. Ist das erste Mal für mich. Deswegen bin ich auch so tierisch aufgeregt."

Jessy grinste sie an. „Das ist wahrscheinlich normal, wenn man das erste Mal Mutter wird."

Tami lächelte. Jessy verstand sie.

Schweigend beobachteten die beiden Mädchen eine Weile die Stute. Dösend stand Zafira mit dem Hinterteil zur Stallgasse und ließ sich von dem Besuch nicht weiter stören.

„Ich wäre auch gerne bei der Geburt dabei", seufzte Jessy nach einer Weile und lehnte ihren Kopf gegen das Trenngitter. „Aber das wird wohl leider nichts."

„Kommst du denn auf jeden Fall ans Nordlicht? Steht das schon fest?", wollte Tami wissen.

Jessy strich eine Haarsträhne aus dem Gesicht. „Ich glaube, meinen Eltern gefällt die Schule ganz gut. Jedenfalls meinten sie das vorhin. Deswegen hoffe ich, dass sie mich anmelden. Zumal ich mein Abitur hier nach der dreizehnten Klasse machen kann und nicht wie an meiner jetzigen Schule nach nur zwölf Schuljahren. Das ist nämlich ziemlich stressig. Momentan habe ich jeden

Tag bis nachmittags Unterricht und fast keine Freizeit."

„Und damit wenig Zeit zum Reiten", sprach Tami Jessys nächsten Gedanken aus.

Ihre Freundin nickte.

Tami seufzte. „Schade, dass du erst zum nächsten Schuljahr wechseln könntest. Am liebsten würde ich dich gleich hier bei mir behalten wollen."

„Bei mir ist es ja auch ein bisschen anders als bei dir: Ich würde im Internat wohnen. Käme ich aus Tidelund, wäre ich bestimmt schon längst Schülerin am Nordlicht. Du hast großes Glück, dass du hier wohnst."

Tami nickte. „Ja, das stimmt. Für mich hat der Schulwechsel wirklich keine großen Veränderungen gebracht. Abgesehen davon, dass ich nun Reiten, theoretisch und praktisch, als Schulfach habe. Aber für dich wäre die Schule dann dein neues Zuhause. Das ist eine größere Umstellung, als morgens nur einen anderen Weg zur Schule zu gehen."

„Stimmt." Jessy vertrieb mit ihrer rechten Hand eine lästige Fliege. „Für mich wäre es ein richtiger Umzug."

„Für deine Eltern wäre es bestimmt schwer, wenn sie dich nicht mehr so oft sehen können. Und billig ist das Internat ja auch nicht“, sagte Tami und schaute dabei gedankenverloren zu Zafira.

„Das Schulgeld wäre dank meiner Großeltern kein Problem. Oma und Opa haben nämlich bei meiner Geburt ein Sparkonto eröffnet und seitdem jeden Monat Geld eingezahlt. Da ist in den Jahren eine Menge zusammengekommen. Deswegen können sie einen großen Teil dazugeben.“

„Das ist wirklich praktisch.“

„Und außerdem ist ja jede zweite Woche Besuchswochenende. Herr Klawitter hat uns erzählt, dass alle Schüler, die nicht hier in der Gegend wohnen, freitags zum Hamburger Hauptbahnhof gebracht werden. Von da aus sind es dann nur noch zwei Stunden Zugfahrt.“

„Deswegen ist heute hier auch so wenig los, weil nämlich Besuchswochenende ist. Die meisten Schüler sind zu ihren Eltern gefahren. Anneke und Zoe übrigens auch. Schade, ich hätte sie dir gerne vorgestellt.“

„Oh, was für ein Pech. Auf die zwei hatte ich mich schon gefreut“, sagte Jessy.

„Wie lange bleibt ihr denn in Tidelund?“, wollte Tami wissen. „Vielleicht können wir ja was zusammen unternehmen?“

„Ich fürchte, da wird nichts draus. Leider fahren wir heute Abend schon wieder zurück.“ Jessy seufzte und verzog bedauernd das Gesicht.

Tami schaute auf ihre Armbanduhr und überlegte kurz. „Na gut. Dann haben wir keine Zeit zu verlieren“, sagte sie und zog ihre Freundin hinter sich her.

„Moment!“, protestierte Jessy lachend. „Was hast du denn vor?“

„Pass auf, Anneke und Zoe sind zwar nicht da, aber dafür kannst du Marit wiedersehen. Du erinnerst dich doch noch an sie von deinen Reiterferien?“

„Oh, prima Idee!“, sagte Jessy begeistert.

Die Mädchen verließen gut gelaunt den Stall, überquerten den Hof, gingen an der Reithalle vorbei und einen Trampelpfad zwischen zwei Koppeln entlang, auf denen Pferde und Ponys weideten. Zwischenzeitlich hatte sich die Spätsommersonne einen Weg durch die Wolkendecke gebahnt und schien nun angenehm warm auf das Fell der Vierbeiner.

Marit bewohnte mit ihren Eltern und zwei älteren Brüdern ein geräumiges rotes Backsteinhaus auf dem Gelände der Reitschule, das Anfang des letzten Jahrhunderts erbaut worden war. Neben dem reetgedeckten Haupthaus lag ein kleineres Gebäude, die alte Schmiede, wo Herr Kellinghaus neben allen möglichen Gerätschaften auch einen Amboss und Werkzeuge zum Schmieden von Hufeisen aufbewahrte. Beide Häuser waren durch eine Mauer verbunden, in dessen Mitte ein bunt bemaltes Holztor eingelassen war, das jedes Mal laut quietschte, wenn jemand es aufmachte.

Tami öffnete die kleine Pforte und Jessy folgte ihr bis zu einer grün-weißen Tür.

„Ist die Tür etwa zweigeteilt?“, fragte Jessy verdutzt. „So was habe ich ja noch nie gesehen.“

„Das ist eine Klöntür. Die gibt es in nordfriesischen Häusern häufiger“, erklärte ihr Tami. „Manchmal klopfen Nachbarn an, die gar nicht ins Haus kommen, sondern sich bloß unterhalten wollen. Und dann macht man eben nur die obere Hälfte auf und kann seine Unterarme beim Klönen auf der unteren Türhälfte abstützen. Unsere Backstube hat auch so eine Tür, und wenn meine Oma Besuch von einer alten Freundin bekommt, dann unterhalten die sich oft stundenlang an der Tür."

„Wir brauchen dann später aber andere Türen, wenn wir mal Omis sind."

„Wieso das denn?", fragte Tami.

„Ist doch logisch. Wenn ich dann bei dir als flotte Omi vorbeigeritten komme, ist die Tür zum Klönen ja viel zu tief." Jessy zwinkerte ihr zu.

Die Mädchen kicherten vor sich hin bei der Vorstellung, dass sie sich als alte Damen hoch zu Ross gegenseitig besuchen würden. Schließlich klopfte Tami gegen die hölzerne Tür, deren obere Hälfte nur wenige Momente später von einem strohblonden Jungen in Karohemd und Latzhose aufgerissen wurde.

„Moin, Klaas. Ist Marit da?", fragte Tami.

„Moin", grüßte Klaas knapp und nickte Jessy zu. Dann drehte er sich um und rief ins Innere des Hauses: „Maaaarit! Besuch!"

„Jaaahaaa", hörten sie Marits Stimme vom oberen Stockwerk schallen, gefolgt von eiligem Fußgetrappel.

„Sie kommt." Er nickte den Mädchen noch mal kurz zu und verschwand in einem Zimmer, das an den Flur grenzte.

„Ganz schön wortkarg“, raunte Jessy Tami zu.

Tami kam jedoch nicht dazu, etwas zu erwidern, denn schon erschien Marit mit geröteten Wangen in der Diele. Sie blieb abrupt stehen und bekam große Augen, als sie erkannte, wer das Mädchen neben Tami war.

„Das nenn ich ja mal eine Überraschung!“, rief sie und öffnete nun auch den unteren Teil der Haustür, um die beiden Mädchen besser umarmen zu können. „Wusstest du etwa, dass Jessy kommt? Und hast mir nichts verraten?“, fragte sie Tami entrüstet.

Tami hob die Finger. „Ich schwöre dir, ich wusste nichts davon. Überhaupt nichts. Ich war mindestens genauso überrascht wie du, als Jessy vorhin plötzlich vor dem Stall aufgetaucht ist.“

„Kann ich bestätigen. Ich bin hier völlig ohne Ankündigung mit meinen Eltern aufgekreuzt“, fügte Jessy hinzu. Dann berichtete sie Marit von der Verabredung ihrer Eltern mit dem Direktor vom Nordlicht und dass sie bereits am gleichen Abend wieder zurück nach Hause fahren würden.

„Hm.“ Marit tippte sich mit ihrem Zeigefinger an die Nasenspitze.

„Was hast du vor?“, erkundigte sich Tami und

runzelte die Stirn. „Ich sehe es dir doch an, dass du was ausheckst.“

„Du kennst mich eben ziemlich gut“, gab Marit lächelnd zu. „Wir haben zwar nicht viel Zeit … Aber immerhin genug für einen spontanen Ausritt zur Muschelkiste. Was meint ihr?“

Tami klatschte vor Freude in die Hände. „Prima Idee, Marit! Das machen wir. Oder, Jessy?“

„Ich würde so gerne mit euch ausreiten. Aber das wird leider nicht klappen. Ich habe nämlich gar keine Reitsachen dabei“, sagte Jessy betrübt und schaute an ihrer Jeans herab auf die grünen Stoffturnschuhe.

Marit winkte ab. „Kein Problem. In der Reitkammer haben wir Ersatzreitkleidung, für den Fall, wenn mal was kaputtgeht oder so. Eine Reithose und einen Reithelm finden wir da bestimmt. Und mit ein bisschen Glück sogar passende Stiefel.“

Jessy strahlte über das ganze Gesicht. „Das ist ja genial! Mit einem Reitausflug habe ich gar nicht gerechnet.“

„Auf zu einem wunderbaren Strandausritt!“, jubelte Tami.

Ausritt zum Strand

In Windeseile suchten die Mädchen passende Reitutensilien aus der großen Holzkiste in der Reitkammer für Jessy heraus. Sogar ein Paar blaue Reithandschuhe und passende Stiefel fanden sie.

„Zur Not hätte ich auch in meinen Turnschuhen reiten können“, sagte Jessy, während sie einen Reithelm anprobierte. „Das hätte mir gar nichts ausgemacht.“

„Auf keinen Fall!“, wandte Marit ein. „Reitstiefel gehen im Gegensatz zu Turnschuhen über den Knöchel und sind dadurch viel sicherer. Die Gefahr, dass du dich sonst im Steigbügel verfängst, ist viel zu groß. Deswegen sind die Stiefel ein Muss.“

Nachdem das geklärt war, putzten, sattelten

und trensten sie Peppino, Filou und Dimplex für den Ausflug zum Strand. Eine halbe Stunde später trabten die drei Freundinnen am herrlichen Sandstrand von Tidelund entlang. Die Kurverwaltung hier erlaubte Hunde und Pferde auf der Sandbank, was nicht an allen Nordseestränden gestattet war.

Tami war glücklich und stolz zugleich, dabei sein zu können. Ihre Reitkünste waren mittlerweile so weit fortgeschritten, dass sie nicht nur offiziell an Ausritten teilnehmen durfte, sondern auch einen Platz im Vorbereitungskurs für das Reitabzeichen ergattert hatte.

Vor ihnen tauchten nun die imposanten Pfahlbauten auf, die nicht nur beliebte Postkartenmotive, sondern auch das Wahrzeichen von Tidelund waren. Auf dicken Baumpfählen trotzen sie jedem Sturm und jeder Flut. Und in einem dieser Pfahlbauten befand sich das Ziel der Mädchen, die Muschelkiste. Darin war die Station der Strandaufsicht beheimatet, für die Tamis Vater arbeitete.

„Da drüben, das ist die Muschelkiste“, rief Marit gegen den Wind an und parierte Peppino dann zum Schritt durch.

Tami und Jessy taten es ihr gleich. Im gemütlichen Tempo zuckelten sie auf die Holzbauten zu. An der Muschelkiste wehte die Flagge der Deutschen Lebens-Rettungs-Gesellschaft.

Jessy legte den Kopf in den Nacken und schloss kurz die Augen. „Ach, ist das herrlich. So einen Strandausritt könnte ich jeden Tag machen. Arbeitet dein Vater denn gerade?“

„Nein, der ist an einer anderen Badestelle und schiebt da Wache“, antwortete Tami ihr.

Die Pferde schnaubten und über ihnen flogen kreischende Möwen über den Strand.

„Und das ist also euer geheimer Treffpunkt, wo ihr wegen des plötzlichen Nebels fast in Seenot geraten seid?“, fragte Jessy.

„Aber nicht nur wegen des Nebels. Die Flut war auch bereits im Anmarsch. Das war verdammt knapp, sag ich dir. Ich kriege immer noch eine Gänsehaut, wenn ich daran denke“, gab Tami zu.

„Was meinst du, wie mulmig mir zumute war, als ich allein auf Peppino losgeritten bin, um Hilfe zu holen. Ich wusste ja gar nicht, ob ich es überhaupt bis zum Deich schaffe“, erinnerte sich Marit an den Abend zurück.

„Ist ja auch eine ganz schöne Strecke vom Pfahlbau bis zum Deich. Und dann noch bei Nebel … ziemlich gruselig“, fand Jessy und versuchte, die Entfernung zu schätzen.

Die Reiterinnen hielten mit den Pferden neben der Treppe an, die zur Muschelkiste führte.

Seit dem Abenteuer im Watt herrschte ein unausgesprochener Waffenstillstand zwischen Tami und ihren Freundinnen und Wonzis Gefolge. Selbst in den Pausen hielten die Jungs ihre Klappe und machten keine blöden Sprüche mehr über die Mädchen und ihre vierhufigen Lieblinge. Das Verhalten der Jungs konnte man fast schon als vorbildlich bezeichnen. Und genau das fand Tami verdächtig. Äußerst verdächtig sogar.

Die Mädchen befestigten die Zügel der Pferde an einem Holzpflock, danach stiegen sie die Stufen hoch.

„Das gibt’s doch nicht!“ Verärgert verzog sich Tamis Mund.

Marit schaute ihre Freundin fragend an.

„Da vorne.“ Tami deutete auf zwei Bretter, die an der Außenwand der Muschelkiste lehnten. Sie hatte es doch gewusst!

„Die haben uns gerade noch gefehlt!“, zischte

Marit ihrer Freundin zu und verdrehte dabei genervt die Augen.

„Was ist denn los?“, wollte nun auch Jessy wissen.

„Die Jungs. Sie sind da drin“, erklärte ihr Marit und machte mit dem Kopf eine Bewegung in Richtung der Bretter.

„In der Muschelkiste?“ Jessy runzelte die Stirn. „Ich dachte, es ist Besuchswochenende? Fahren dann nicht alle Schüler heim?“

„Leider nein. Manche wohnen nämlich in Tidelund und sind deswegen immer da.“ Tami klopfte kräftig mit der Faust gegen die hölzerne Wand neben dem schmalen Einstieg. „Hey, ihr Holzköpfe. Kommt sofort da raus!“

Ein wütendes Schimpfen erklang und keine fünf Sekunden später lugten Wonzis und Mats’ verärgerte Gesichter aus dem Loch.

„Was macht ihr denn für ein Theater?“, fragte Mats. „Seid ihr bescheuert?“

Tami stemmte beide Hände in die Hüften. „Und ihr? Was habt ihr schon wieder in unserer Muschelkiste zu suchen?“

Wonzi legte eine Hand an sein Ohr und verzog dabei angestrengt das Gesicht, als hätte er Mühe, sie zu verstehen. „*Eure* Muschelkiste? Ich glaub, ich habe mich verhört. Warum höre ich immer: *eure* Muschelkiste?“

Mats krabbelte aus dem Einstieg hervor und stellte sich vor den Mädchen auf. „Da wiehern ja die Krabben. Wir haben das Versteck lange vor euch entdeckt. Und deswegen ist es *unser* Treffpunkt!“

„Genau, ihr habt gar keinen Anspruch auf die Muschelkiste“, pflichtete Wonzi ihm bei. „Wer zuerst kommt, mahlt zuerst.“

Tami verdrehte die Augen. „Geht das schon wieder los?“

„Pah! Das ist ja wohl die dümmste Geschichte, die euch jemals eingefallen ist!“ Marit hatte die Arme vor der Brust verschränkt und funkelte die Jungs böse an. „Von wegen eher entdeckt. Das könnt ihr überhaupt nicht beweisen.“

„Jede Wette, dass wir vor euch hier waren!“

Tami schüttelte den Kopf. „Glaube ich nicht! Das kann ja jeder behaupten.“

Die Friedenspfeife zwischen den beiden Lagern war damit endgültig aufgeraucht. Alles schien wieder beim Alten zu sein. Und der Streit ging in die nächste Runde.

Jessy hatte den Wortkrieg bisher kommentarlos verfolgt. „Das bringt doch alles nichts“, warf sie plötzlich ein.

Tami, Marit, Wonzi und Mats starrten sie verdutzt an. Damit hatten sie nicht gerechnet.

„Na ja.“ Jessy zuckte die Schultern. „Ihr könnt euch streiten wie die Kesselflicker bis zur nächsten Flut und kommt doch keinen Schritt weiter. Das bringt alles nichts.“

„Wer bist du denn überhaupt?“, fragte Wonzi herausfordernd und musterte das unbekannte Mädchen von oben bis unten.

„Ich bin Jessy, eine Freundin von Tami und Marit“, erklärte Jessy, hob den Kopf und schaute Wonzi direkt in die Augen.

„Was schlägst du vor, Jessy?“, wollte Tami wissen. „Hast du etwa eine Idee, wie wir das Problem lösen können?“

Jessy nickte. „Die habe ich in der Tat.“

Marit schaute sie erwartungsvoll an. „Lass hören.“

„Also, wenn ihr euch nicht einigen könnt, dann müsst ihr eben um die Muschelkiste kämpfen.“

„Kämpfen? Ich höre hier immer *kämpfen*.“ Wonzi machte ein verdutztes Gesicht.

Jessy hob herausfordernd die Augenbrauen. „Klar. Oder habt ihr etwa Schiss?“

„Haha! Dass ich nicht lache!“, erwiderte Wonzi großspurig. „Euch tippe ich einmal mit dem kleinen Finger an und schon fallt ihr um wie die Fliegen. Was, Mats?“

„Jawohl! Wie die Fruchtfliegen werden die umkippen! Mit denen machen wir kurzen Prozess“, pflichtete Mats ihm bei.

„Aber nein.“ Jessy schüttelte den Kopf. „Ich rede doch nicht von einem Kampf, bei dem die Fäuste fliegen. Ich meine einen fairen Wettkampf. Mit zwei Schiedsrichtern. Und in drei Disziplinen, damit am Ende ein Sieger feststeht.“

„Mädchen und Wettkampf?“, fragte Mats abschätzig. „Das passt doch gar nicht zusammen. Das ist ja wie ein Fischbrötchen mit Marmelade.“

„Wahrscheinlich Pferdeballett und Dauerquasseln, bis einer von uns tot umfällt“, grölte Wonzi und Mats schlug sich vor Lachen auf die Oberschenkel.

Jessy ließ sich von ihrem Heiterkeitsausbruch nicht beirren. „Ich dachte eher an so was wie Wettrennen und Geschicklichkeitsspiele.“

Tamis Augen begannen vor Begeisterung zu

leuchten. „Das ist genial. Wir machen eine Strandolympiade!“, platzte sie heraus.

„Super Idee!“, stimmte Marit zu.

„Genau.“ Jessy nickte und schaute dann prüfend zu den Jungs. „Natürlich nur, wenn ihr mutig genug seid.“

Wonzi schnaubte bloß. „Kinderspiel. Die Muschelkiste ist uns jetzt schon sicher.“

Die Planung beginnt

Am Samstagabend fuhr Jessy wieder nach Hause zurück. Natürlich nicht, ohne Tami und Marit beim Abschied zu versprechen, dass sie ihre Eltern weiter bearbeiten würde. Vielleicht ging ihr großer Traum, aufs Nordlicht zu gehen, doch noch in Erfüllung.

„Jetzt verpasse ich nicht nur die Geburt von Zafiras Fohlen, sondern auch den Wettkampf um die Muschelkiste! Und wer weiß, was demnächst noch so alles passiert. Ein Grund mehr, meine Eltern ganz schnell zu überreden“, sagte Jessy, während sie Tami und Marit umarmte. Dann stieg sie zu ihren Eltern in den Kombi.

Tami und Marit winkten, bis das Auto um die nächste Kurve verschwunden war.

Am Sonntagnachmittag kehrten Zoe und Anneke vom Besuchswochenende ins Internat zurück und wurden von Tami und Marit schon sehnsüchtig erwartet.

Aufgekratzt berichteten sie den Heimkehrerinnen von Jessys Einfall, um die Muschelkiste bei einer Strandolympiade zu kämpfen.

„Eine super Idee!", meinte Zoe und musste vor lauter Aufregung erst mal ein Stück Vollmilchschokolade verspeisen. Sie brauchte immer etwas Süßes, wenn es spannend wurde. „Die Jungs werden heulen, wenn wir erst mal gewonnen haben", nuschelte sie mit vollem Mund. „Will noch jemand Schokolade?"

Die Mädchen hatten es sich im Zimmer von Zoe und Anneke auf dem Teppichboden bequem gemacht und reichten die in Silberpapier eingewickelte Schokolade herum.

„Hoffentlich schaffen wir das überhaupt. Ich meine, das mit dem Gewinnen", sagte Anneke zweifelnd und brach sich einen Riegel ab.

„Aber klar doch! Natürlich schaffen wir das! Wäre ja gelacht!", sagte Marit mit siegessicherem Blick. Den Jungs würden sie es schon zeigen!

„Einfach wird es bestimmt nicht, aber ich

glaube auch, dass wir gute Chancen haben", meinte Tami.

Selbst Anneke sah nun ein wenig zuversichtlicher aus. „Wir brauchen dafür allerdings noch unparteiische Schiedsrichter. Es muss ja jemand entscheiden, wer die einzelnen Wettkämpfe gewonnen hat."

„Ja, das ist wichtig. Sonst schummeln die Jungs womöglich noch und am Ende war alles für die Katz", stimmte Zoe ihr zu.

Marit zuckte bloß mit den Schultern. „Darum habe ich mich schon längst gekümmert."

„Wie das?"

„Ich habe Alina aus der Zehnten vorhin im Stall getroffen, als sie Fee geputzt hat. Sie macht doch oft die Ansagen bei unseren Reitturnieren. Und da habe ich sie gefragt, ob sie nicht Lust hat, als Schiedsrichterin dabei zu sein."

„Und? Was hat sie gesagt?", erkundigte sich Tami.

„Sie hat sofort zugesagt. Schummeln fällt für die Jungs also aus."

„Brauchen wir nicht noch einen zweiten Schiedsrichter?", wollte Anneke wissen.

„Du meinst, sonst könnten die Jungs nach unserem haushohen Sieg sagen, dass Alina parteiisch war?“, fragte Zoe und grinste.

„Wir brauchen unbedingt noch einen Jungen. Sonst geht der Streit immer so weiter. Egal wer am Ende der Sieger ist.“

„Aber welchen Jungen könnte man fragen? Mir fällt keiner ein“, sagte Tami und zuckte mit den Schultern.

„Ich hab’s!“, rief Marit plötzlich. „Marlon natürlich! Er ist doch auch Sportsprecher am Nordlicht und teilt sich das Amt mit Alina.“

Als Tami Marlons Namen hörte, begann ihr Herz augenblicklich schneller zu schlagen. Vielleicht war das ihre Chance, ihn etwas näher kennenzulernen! Abgesehen von ihrer ersten Begegnung am Strand hatten sie bisher ja nur wenige Worte gewechselt, wenn sie sich in der Schule über den Weg liefen.

„Ich treffe Alina bestimmt später noch im Stall. Dann kann ich sie fragen, was sie von der Idee hält.“

Nachdem Marit am Abend mit Alina gesprochen hatte, vereinbarten sie ein Treffen für den nächsten Tag im Dünenhaus, dem Wohnhaus für die

Internatsschüler der Mittelstufe. Die Mädchen und die Jungs sowie Alina und Marlon würden sich dort um halb sechs im Gemeinschaftsraum zusammensetzen, um alles Weitere für den Wettkampf zu besprechen.

Treffpunkt Dünenhaus

Mit großer Verspätung war Tami am nächsten Tag auf ihrem Fahrrad zum Dünenhaus unterwegs. Fröstelnd zog sie den Kragen ihrer roten Fleecejacke höher. Sie beugte sich tief über den Fahrradlenker und trat kräftig in die Pedale, um nicht als Letzte einzutreffen. Was bei dem Gegenwind allerdings gar nicht so leicht war und darüber hinaus viel Kraft erforderte. Immer wieder wurde sie von seitlichen Windböen erfasst.

Kurz bevor sie den Leuchtturm passierte, nietete sie beinahe einen Jogger um, der sich in letzter Sekunde durch einen akrobatischen Hechtsprung in den Strandhafer retten konnte.

„Kannst du nicht aufpassen?“, rief er ihr ärgerlich zu.

„Entschuldigung! Ich habe Sie nicht gesehen.“

Mal wieder. Das Fast-Umfahren von Leuten schien ja zu einer Art Dauerzustand bei ihr zu werden. Sie war mit ihren Gedanken längst im Dünenhaus und vor allem bei Marlon gewesen, sodass sie die letzten Meter wie in Trance gefahren war und ihre Umgebung überhaupt nicht wahrgenommen hatte. Sie hatte sogar vergessen, einen Blick auf die Pferdekoppel zu werfen, die auf ihrem Weg lag und auf der bestimmt auch Zafira graste. Das passierte ihr sonst nie.

Wenig später kam Tami außer Atem am Internat an und bog auf den gepflasterten Weg ein, der zum Schulhof führte. Dort kettete sie ihren Drahtesel in Windeseile an einen Fahrradständer und eilte dann um das Schulgebäude herum.

Tamis Armbanduhr zeigte bereits 17.33 Uhr an, als sie an der Eingangstür zum Dünenhaus ankam. Auf dem Flur schallte ihr schon Stimmengewirr aus dem Gemeinschaftsraum entgegen.

„Ihr glaubt doch nicht ernsthaft, dass ihr auch nur den Hauch einer Chance gegen uns habt", hörte sie unverkennbar Otto prahlen, für den der Sieg scheinbar schon feststand.

„Das werden wir ja am Ende sehen", entgegnete nun deutlich vernehmbar Zoe in einem kämpferischen Ton, der keinen Zweifel aufkommen ließ, dass sie unbedingt gewinnen wollte.

„Du meinst, wenn ihr am Ende seid?“, stichelte Wonzi.

„Jetzt fangt doch nicht gleich wieder an zu streiten“, meldete sich Alina zu Wort. „Das ist ja nicht zum Aushalten.“

Anscheinend waren schon alle da und warteten nur noch auf Tami.

Nervös malte sie sich aus, wie Marlon sie anstarren würde, wenn sie gleich den Gemeinschaftsraum betrat. Und garantiert würde sie dann so knallrot werden wie ein Feuerlöscher.

Tami merkte, dass ihre Handflächen schwitzten, und schaute sich panisch um. Am liebsten hätte sie einfach auf dem Absatz kehrtgemacht, um nicht in diese peinliche Situation zu geraten. Doch gerade, als sie schon drauf und dran war, ihren Plan in die Tat umzusetzen, hörte sie eilige Schritte, die sich schnell näherten.

„Ah, und ich dachte schon, ich bin die Letzte“, rief Marit ihr außer Atem entgegen.

„Nein, bist du nicht“, antwortete Tami erleichtert.

„Ich war mit meinem Vater beim Großhändler. Wir haben Pferdefutter gekauft und das hat etwas länger gedauert“, erklärte Marit ihre Verspätung. „Sollen wir reingehen?“

Tami nickte und hielt vor Anspannung den Atem an.

„Hi! Sorry, dass wir auf den letzten Drücker kommen. Aber jetzt sind wir ja da“, sagte Marit und steuerte zielstrebig auf den Gruppentisch zu, an dem Anneke, Zoe, die Jungs und Alina hockten. Wobei die Jungs mehr auf ihren Stühlen herumlümmelten, als dass sie saßen.

„Hallo“, begrüßte Alina sie freundlich. Vor ihr auf dem Tisch lagen ein großer Block für Notizen und ein Stift. „Dann sind wir ja fast komplett.“

Tamis Herz klopfte. „Hallo.“ Sie schaute sich im Raum um.

„Marlon verspätet sich etwas, weil er noch in der Surfschule zu tun hat“, erklärte Alina, der Tamis suchender Blick aufgefallen war. „Er dürfte aber jeden Moment hier erscheinen.“

So war es auch. Kaum hatten Tami und Marit sich zu den anderen an den Tisch gesetzt, tauchte in der Tür Marlons widerspenstiger, sonnengebleichter Haarschopf auf.

Tamis Herz machte vor Freude einen kleinen Hüpfer.

„Entschuldigt, Leute. Ich konnte leider nicht eher weg.“ Marlon schnappte sich einen Stuhl und setzte sich. „Kann dann losgehen“, sagte er und lächelte in die Runde, wobei sein Blick einen Moment länger an Tami hängen blieb. „Hallo, Strandsegel-Mädchen“, begrüßte er sie und zwinkerte ihr kurz zu.

„Hallo, Surfer-Junge“, erwiderte Tami, ohne groß darüber nachzudenken. Erleichtert bemerkte sie, dass ihre Nervosität nachließ. Und die Gefahr, dass sie rot wurde, war auch gebannt.

„Erst einmal wollen wir euch sagen, dass wir gerne Schiedsrichter bei eurer Strandolympiade sind“, begann Alina nun die Besprechung. „Marit hat mir schon erzählt, dass es dabei um einen geheimen Treffpunkt geht, den sich eure Gruppen zufällig gleichzeitig ausgesucht haben.“

„Pfft! Zufällig ... nie im Leben!“, grunzte Krusch und streckte ein Bein von sich.

Marlon machte eine beschwichtigende Handbewegung. „Egal. Jedenfalls geht es um diesen Treffpunkt, oder?“, schaltete er sich ein. Er schien sich von Kruschs aufmüpfiger Bemerkung und von dem darauffolgenden ärgerlichen Murmeln der Jungs nicht beeindrucken zu lassen.

Die Jungs nickten.

„Alina und ich haben uns gedacht, dass drei Disziplinen genügen würden, in denen ihr gegeneinander antretet."

„Ja, das hatten wir auch schon überlegt", meinte Marit.

„Pferdeballett!", rief Otto und der Rest der Bande lachte schallend los. „Mit rosa Röckchen!"

„Wir dachten eher an so was wie Windstärken gegen Pferdestärken", fuhr Marlon unbeirrt fort.

„Ja, ein Wettrennen: Pony gegen Strandsegelwagen", schlug Alina vor. „Und dann ein Geschicklichkeitsspiel. Muscheln balancieren zum Beispiel. Und natürlich noch der Klassiker zum Schluss: Wagenrennen."

Die Jungs steckten murmelnd die Köpfe zusammen. Tami und ihre Freundinnen sahen sich an. Klang gar nicht so übel.

„Seid ihr damit einverstanden?", fragte Marlon. „Oder gibt es irgendwelche Einwände?"

Die Mädchen nickten zustimmend.

Wonzi grinste wie ein Honigkuchenpferd und sagte spöttisch: „Alles klar. Dann haben wir schon so gut wie gewonnen. Wir sind natürlich einverstanden, was, Jungs?“

„Die Muschelkiste ist unsere!“

„Jawoll!“

Otto, Krusch, Mats, Jonas und Wonzi klatschten sich mit der flachen Hand ab.

Alina kritzelte etwas in den Notizblock. „Okay, dann müssen wir nur noch einen passenden Tag für die Strandolympiade finden.“

„Die Wettervorhersage ist für die nächsten vier Tage verhältnismäßig gut. Besonders am Donnerstag soll es ziemlich schön werden“, wusste Marlon zu berichten.

Zoe überlegte laut. „Donnerstag ist gut. Freitag steht kein Test an. Jedenfalls nicht, dass ich wüsste.“

„Ja, lasst uns Donnerstag nehmen“, fand auch Marit. „Ein guter Tag, um zu gewinnen.“

„Gut, dann ist der Donnerstagnachmittag notiert“, sagte Alina und stöpselte die Kappe auf den Stift. „Wir treffen uns gegen halb vier?“

„Einverstanden.“

Ein platter Reifen bringt Glück

„So ein Scheibenkleister." Tami kniete neben ihrem Fahrrad und begutachtete den platten Reifen, aus dem eine scharfe Glasscherbe herausragte. So ein Pech! Vermutlich war sie auf dem Hinweg durch eine zerbrochene Flasche gefahren. Sie hatte ja auch den Jogger nicht bemerkt. Wie hätte ihr dann eine unscheinbare Glasflasche auffallen sollen?

Tami seufzte. Mit dem Loch im Reifen konnte sie jedenfalls nicht nach Hause fahren. So viel stand fest. Und Flickzeug hatte sie nicht dabei. Es blieb ihr offenbar nichts anderes übrig, als ihren Drahtesel den langen Weg über den Deich und einmal quer durch das Dorf zu schieben. Zu allem Überfluss hatte sich der Himmel mittlerweile mit dunklen Wolken zugezogen und es sah verdächtig nach Regen aus. Sie schlug den Kragen ihrer Jacke höher.

Tami schloss die Kette auf und schob ihr Rad rückwärts aus dem Fahrradständer.

„Hast du einen Platten?“, erklang da plötzlich eine Stimme hinter ihr, die zu keinem anderen als Marlon gehörte.

Tami hielt vor Schreck mitten in ihrer Bewegung inne und umklammerte mit beiden Händen den Lenker.

„Lass mich mal sehen.“ Marlon ging in die Hocke und begutachtete mit professionellem Blick den Schaden. „Was ein Schiet. Der ist hin. Damit kannst du jedenfalls nicht mehr fahren“, stellte er nach einer Weile fest. „Hast du Flickzeug dabei?“

„Äh …“, brachte Tami heraus und räusperte sich. „Nein, habe ich nicht.“

„Macht nichts. Ich habe Flickzeug bei mir zu Hause in der Garage rumliegen. Wenn du willst, repariere ich dir den Reifen. Unser Hotel ist nur ein paar Straßen von hier entfernt.“

„Gerne, danke.“ Natürlich wusste Tami genau, wo sich das Fährhaus Sturm befand. Das Hotel wurde täglich von ihrem Vater und ihrem Bruder Peer mit Brot und Brötchen beliefert.

„Alles klar. Dann mal los“, meinte Marlon und schob Tamis Fahrrad neben sich her.

Tami konnte es nicht fassen, dass Marlon sie einfach so zu sich nach Hause eingeladen hatte, um ihr Fahrrad zu reparieren. Marlon und Tami bogen nun auf die Tidelunder Landstraße ein. Vom Himmel tropften die ersten dicken Regentropfen auf den Asphalt.

„Lass uns mal besser einen Zahn zulegen. Sonst müssen wir gleich zum Hotel schwimmen“, meinte Marlon.

„Sind das alles deine Bretter?“ Tami bewunderte fünf bunte Surfbretter, die an der Wand aufgestellt waren. Die großzügige Garage, die auch gleichzeitig eine Art Hobby-Werkstatt war, befand sich in einem Anbau des Fährhauses. Tami ließ ihren Blick durch den Raum schweifen. Regale mit Pokalen, Metallschränke, in einer Ecke eine Tischtennisplatte und an den Wänden jede Menge Fotos: lachende Surfer, ein Gruppenfoto vom Tidelunder Surf-Team am Strand, Marlon im Neoprenanzug mit einer Startnummer auf der Brust, Bilder von verschiedenen Siegerehrungen.

„Logo. Alles meine Boards.“

Auf einem kleinen Tisch lagen Kleber, Schmirgelpapier und Flicken. Daneben hatte Marlon sich das nötige Werkzeug bereitgelegt, das er für die Reparatur von Tamis Reifen benötigte. Gerade befüllte er eine Schüssel mit Wasser.

„Braucht man denn überhaupt so viele? Surfbretter, meine ich“, fragte Tami interessiert, die ihre erste Schüchternheit mittlerweile überwunden hatte. „Man kann ja nicht gleichzeitig auf mehreren surfen. Genauso wie man nicht gleichzeitig auf mehreren Pferden reiten kann.“

Marlon stellte Tamis Fahrrad verkehrt herum auf den Boden. „Nein, nicht wirklich. Aber es ist schön, eine kleine Auswahl zu haben. Falls du mal eins schrottest, hast du sofort Ersatz. Kannst du mir mal bitte helfen?“

„Na klar. Was soll ich tun?“ Tami trat neben ihn.

„Einfach nur am Lenker festhalten.“ Marlon begann das Rad mit dem beschädigten Schlauch abzumontieren.

Tami beobachtete, wie Marlon alle Kleinteile in eine Blechdose legte, damit sie nicht verloren gingen.

„Geht's?“, fragte sie und schlang fröstelnd die

Arme um ihren Oberkörper. Der Regen hatte die Außentemperatur um einige Grad abgekühlt.

„Sicher." Marlon hebelte den Reifen von der Felge und zog den Schlauch vorsichtig heraus. „Ist dir kalt?"

„Nur ein bisschen. Geht schon."

„Moment." Marlon kramte eine Fleecedecke aus einem Schrank hervor und legte sie Tami über die Beine. „Möchtest du zum Aufwärmen vielleicht noch einen Tee?"

„Gerne", nahm Tami das Angebot an und mummelte sich in die Decke ein.

Marlon brachte das Teewasser mit einem Kocher zum Sprudeln und legte Beutel mit Friesentee in zwei Tassen. Wenig später goss er das siedend heiße Wasser darüber und füllte mit einem Löffel mehrere Kandisstücke in das Getränk. „Vorsicht, ist ziemlich heiß." Er reichte Tami eine Tasse mit dem dampfenden Tee und hockte sich wieder neben das Fahrrad.

Tami blies vorsichtig in die Tasse, um sich nicht die Zunge zu verbrennen. Dann trank sie einen kleinen Schluck. „Mhm, lecker."

„Aber nun erzähl mir doch mal, was da zwischen euch Mädchen und den Jungs los ist. Geht es wirklich nur darum, dass ihr euch denselben geheimen und noch dazu verbotenen Treffpunkt ausgesucht habt? Oder steckt mehr dahinter?“

„Na ja.“ Tami zuckte mit der Schulter und spielte mit dem Faden des Teebeutels herum. Sie überlegte kurz, wie der Ärger mit Wonzi und den anderen eigentlich angefangen hatte. „Den Streit gab es eigentlich schon vor dem Problem mit der Muschelkiste.“

Marlon pumpte währenddessen den Schlauch mit einer Luftpumpe auf und schraubte das Ventil zu. „So was dachte ich mir schon. So, jetzt tauch mal den Schlauch ins Wasser und dreh ihn langsam.“

Tami legte die Decke beiseite, kniete sich neben ihn und befolgte die Anweisung. „Okay. Und was passiert dann?“

„Damit kriegen wir raus, wo der Schlauch beschädigt ist. Siehst du die Luftbläschen? Da ist das Loch.“

„Verstehe. Und was nun?“

Marlon griff nach einem Tuch und reichte es ihr. „Erst einmal den Schlauch abtrocknen, bitte.“

Tami rieb mit dem Tuch über die Gummioberfläche. Dann fasste sie sich ein Herz und sagte: „Der Streit mit den Jungs hat eigentlich einen ganz anderen Grund.“

„Und welchen, wenn ich fragen darf?“ Marlon nahm dann den Schlauch entgegen. Vorsichtig schmirgelte er ihn um das Loch herum ab.

Tami schüttelte den Kopf und verzog den Mund. „Es ist eigentlich totaler Kinderkram. Und irgendwie auch peinlich.“

„Nun sag schon.“ Marlon blickte sie aufmunternd an, während er etwas Gummikleber auf die Stelle strich. „Der Kleber muss eh kurz auslüften. Bin ganz Ohr.“

„Die Jungs machen sich ständig darüber lustig, dass wir Mädchen unsere Zeit am liebsten bei den Pferden verbringen.“

Marlon schüttelte den Kopf. „Deswegen machen die so ein Theater? Soll doch jeder das tun, was ihm Spaß macht.“ Er zog die Schutzfolie vom Flicken.

Tami war froh, dass Marlon sich nicht über ihren Pferdefimmel lustig machte.

„Wenn du mich fragst, ist das ein typischer Fall von Neid.“

„Wie meinst du das?“, fragte Tami und sah

Marlon dabei zu, wie er den Schlauch wieder an seinen Platz schob und das Vorderrad montierte.

„Ihr begeistert euch so sehr für Pferde und das Reiten, so etwas kennen Wonzi und seine Freunde eben nicht“, erklärte Marlon. „Gib mir doch mal bitte die Luftpumpe.“

Tami überreichte ihm die Pumpe. „So habe ich das noch nie gesehen.“ Tami nahm einen letzten großen Schluck aus ihrer Teetasse. „Es wäre einfach schön, wenn wir am Donnerstag die Strandolympiade gewinnen. Dann lassen uns die Jungs hoffentlich in Zukunft in Ruhe.“

Marlon schraubte die letzte Radmutter fest und drehte Tamis Fahrrad wieder richtig herum. „Ist deine Tasse leer?“

Tami nickte und reichte sie ihm.

„Gut. Dein Fahrrad ist auch fertig.“ Marlon putzte sich die Hände an einem Tuch ab und lächelte Tami an. „Und für die Strandolympiade werden Alina und ich richtig viele Leute als Zuschauer zusammentrommeln. Die können euch dann alle anfeuern, damit ihr auf jeden Fall gewinnt.“

Die Strandolympiade

„Oh mein Gott! Das müsst ihr euch ansehen!“, rief Marit ihren Freundinnen über die Schulter zu, während diese sich noch die Düne hinaufkämpften. Sie sanken immer wieder mit den Füßen tief im weißen Sand ein und kamen dementsprechend nur langsam vorwärts. Marit war mit Peppino vorgeritten und hatte oben auf dem Sandhügel haltgemacht, von wo aus sie einen herrlichen Blick über die breite Sandbank hatte.

Zoe schloss als Erste zu Marit auf und traute ihren Augen nicht. „Wow!“

Auch Anneke machte ein ungläubiges Gesicht. „Wo kommen die denn alle her?“

„Wollten Alina und Marlon nicht ein paar Leuten Bescheid sagen, damit sie uns anfeuern?“, japste Tami, die als Letzte die Dünenkrone erklommen hatte. Sie hielt sich die Hand wie einen Schirm vor das Gesicht, um ihre Augen vor dem grellen Sonnenlicht zu schützen.

„Ein paar Leute ist gut“, sagte Zoe anerkennend. „Das sind mindestens fünfzig.“

Bunte Fahnen, die an Pfählen befestigt im Strandboden steckten, knatterten im Wind. An der abgelegenen Badestelle mit ihrem weitläufigen Strandabschnitt herrschte ein Betrieb wie sonst nur zur Hochsaison. Zur linken und zur rechten Seite der breiten Wettkampfbahn reihte sich Strandmuschel an Strandmuschel. Sie boten den darin sitzenden Zuschauern Schutz vor dem Wind und den herumfliegenden Sandkörnern. Von Weitem sahen die bunten Zelte wie Farbtupfen aus.

Tami verspürte plötzlich ein flaues Gefühl in der Magengegend. Sie schluckte. „Das ist ja fast wie bei einer richtigen Sportveranstaltung.“

„Bei der Zuschauerzahl werden jedenfalls weder die Jungs noch wir eine Chance haben zu schummeln“, stellte Marit fest.

„Ziemlich clever.“ Zoe grinste siegessicher. „Und die Verlierer haben die einmalige Chance, sich bis auf die Fischgräten zu blamieren. Also los, Mädels! Dann lasst uns mal Wonzis Bande zeigen, was wir draufhaben.“ Zoe ging voran und Marit folgte ihr auf Peppino. Dahinter marschierte Anneke.

Tami trottete hinter Anneke her und kämpfte gegen ihre aufkommenden Zweifel. Hoffentlich würden sie es schaffen, gegen die Jungs zu gewinnen. Sie wollte sich gar nicht erst vorstellen, was passierte, wenn sie verlören. Sie und ihre Freundinnen müssten sich ein neues Bandenversteck suchen. Und die Jungs würden sie bestimmt weiterhin ärgern und aufziehen.

„Da kommen die Herausforderinnen!“, rief Alina kurze Zeit später durch ein Megafon und kündigte so den Schaulustigen das Eintreffen der Mädchen an.

Aus den Strandmuscheln neben der Wettkampfstrecke erklangen Applaus, Anfeuerungsrufe und gut gemeinte Ratschläge.

Mit hocherhobenen Köpfen marschierten Tami und ihre Freundinnen die abgesteckte Strecke ab, bis sie den Klapptisch erreichten, hinter dem Alina und Marlon saßen. Daneben stand Wonzis Truppe und wartete auf sie.

Marlon schaute zu Tami und zwinkerte ihr aufmunternd zu. „Wird schon schiefgehen“, sagte er gut gelaunt.

Dankbar erwiderte sie sein Lächeln. In Marlons Gegenwart fühlte sie sich sofort besser. Er strahlte so eine große Zuversicht aus, dass ihre Zweifel gleich kleiner wurden.

Wonzi und seine Freunde sahen aus wie eine richtige Olympiamannschaft. Sie trugen alle einheitliche Sportkleidung. Hochmütig musterten sie die Mädchen, ganz so, als wäre schon alles entschieden, bevor der Wettkampf überhaupt angefangen hatte.

Marit war mit Peppino außen herum geritten und hielt sich mit ihm im Hintergrund. Das Pony tänzelte nervös. Die vielen Menschen waren gar nicht nach seinem Geschmack. Aber wenigstens war das Wetter gut und sie mussten nicht gegen Schietwetter ankämpfen.

Da die vielen Zuschauer bei Tami etwas Lampenfieber verursachten, wandte sie ihren Blick vom Publikum ab und versuchte sich stattdessen auf die Wettkampfstrecke zu konzentrieren. Sie prägte sich jede sandige Bodenwelle und jedes Loch ein, einfach alles, was sie später wichtige Sekunden kosten könnte.

Neben Tami waren Marlon und Mats gerade dabei, den großen Segelwagen in Position zu bringen, der bei guten Windverhältnissen bis zu 175 Kilometer in der Stunde fahren konnte. Gleich würde es mit der ersten Disziplin losgehen: Pony gegen Strandsegelwagen!

Marit ritt mit Peppino näher. Das Pony war nun ruhiger, als würde es spüren, dass es gleich um alles ging.

Mats war kaum in den Segelwagen geklettert, als Alina auch schon das Startsignal gab. Marit und Mats stoben davon. Peppinos Hufe wirbelten Sand auf. Das Pony und der Segelwagen hatten solch ein hohes Tempo drauf, dass der Wagen sogar leicht vom Boden abhob. Gischt spritzte empor. Die beiden umrundeten zeitgleich die beiden roten Bojen, die den Wendepunkt markierten. Marit ritt eine enge Kurve, doch Mats' Strandsegler geriet beim Wendemanöver gehörig ins Schlingern. Er war einfach viel zu schnell. Das kostete wertvolle Sekunden, sodass Marit am Ende unter ohrenbetäubendem Jubel mit zwei Pferdelängen Vorsprung durchs Ziel galoppierte. Sofort wurde sie von ihren Freundinnen umringt.

„Ich wusste ja, dass du gewinnst!“, rief Zoe übermütig.

„Meine Rede.“ Marit stieg ab und fiel dann Tami um den Hals.

„Ich bin so froh, das kannst du dir gar nicht vorstellen“, sagte Tami.

Anneke klopfte Peppinos Hals und bot ihm ein Leckerli auf der flachen Hand an, das er sogleich verputzte. „Klasse gemacht, ihr zwei.“

„Das war nur wegen des blöden Winds!“, protestierte Mats lautstark und kletterte klatschnass aus dem Strandsegelwagen. „Und weil ich eine größere Kurve fahren musste als du.“

„Genau. Unfair ist das. Total unfaire Voraussetzungen“, motzte auch Otto. Er stemmte seine Hände in die Hüften und guckte grimmig zu den Mädchen.

Doch Marlon schüttelte bloß den Kopf. „Sorry, aber das haben wir vorher so abgesprochen und ihr wart alle damit einverstanden. Es bleibt dabei, das Spiel haben die Mädels gewonnen. Das müsst ihr akzeptieren.“

„Pfft“, machte Wonzi. „Das war trotzdem ein ganz klarer Vorteil für die Pferdehühner.“

Marlon zuckte mit den Schultern. „Dann müsst

ihr eben die nächsten zwei Wettbewerbe gewinnen. Ihr könnt immer noch zeigen, dass ihr besser seid."

„Neues Spiel, neues Glück. Alles ist noch möglich", sprach Alina ein Machtwort und schnappte sich wieder das Megafon. „Den ersten Punkt hat sich ganz klar das Team Pferd gesichert." Die Menge johlte und applaudierte begeistert. „Bei der zweiten Disziplin geht es um ein Staffelspiel, das aus vier Runden mit vier verschiedenen Teilnehmern besteht. Dabei sind vor allem Geschicklichkeit und Tempo gefragt." Alina nahm zwei Sandklaffmuscheln aus einem Körbchen und hielt eine davon hoch, damit die Umstehenden das flache Kalkgehäuse sehen konnten. „Das nächste Spiel heißt: Muscheln balancieren. Jedem Teilnehmer wird eine Sandklaffmuschel auf die Stirn gelegt. Damit läuft dieser dann zu den Bojen dort und übergibt sie an den Nächsten in seiner Mannschaft. Fällt die Muschel unterwegs runter, muss der Läufer zurück zum Startpunkt und von vorn beginnen. Gewinner ist die Gruppe, deren vier Teilnehmer das am schnellsten schaffen. Dabei die Hände zu Hilfe zu nehmen, ist übrigens streng verboten und kann eine Disqualifizierung bedeuten. Noch Fragen?" Die Sportsprecherin schaute zu den beiden Teams. Als sich niemand meldete, sagte sie: „Na, dann kann es ja losgehen."

„Gib dem Dicken ruhig ein paar Möhren." Marit übergab Peppino an eine Klassenkameradin, die ihn zurück in den Stall brachte. Er hatte hervorragende Arbeit geleistet und sich eine Belohnung redlich verdient.

Tami, Anneke, Wonzi und Otto liefen hinüber zu den Bojen und stellten sich dort auf.

„Willst du zuerst laufen, Tami?", fragte Anneke.

Doch Tami traute sich nicht so recht. „Lauf du ruhig zuerst", antwortete sie ihrer Freundin.

Anneke brachte sich in Position.

Tami schaute zu Marlon, der ihren Blick erwiderte. Ein Lächeln erschien auf seinem Gesicht. Sie würde das schon schaffen! Tami schüttelte ihre Beine aus und machte ein paar Dehnübungen. Als Nächstes lockerte sie ihre Finger, die ganz kalt und gefühllos waren – wie eine Packung Eis aus dem Gefrierfach. Da hörte sie auch schon das Startzeichen.

Tami sah, wie Marit und Mats sich wie in Zeitlupe auf sie zubewegten. Marit war eindeutig geschickter als Mats beim Balancieren. Sie kam flott und nahezu mühelos vorwärts, während Mats mit der Muschel auf seiner Stirn seine liebe Not hatte. Er kämpfte um die nötige Balance und machte dabei staksige Bewegungen, als würde er auf rohen Eiern laufen. Das sah ziemlich komisch aus.

Wenige Augenblicke später übergab Marit bereits die Muschel an Anneke, die sofort losflitzte und sich dabei ähnlich geschickt anstellte wie zuvor Marit.

Mats war dagegen noch immer einige Meter von der Boje entfernt und kämpfte verbissen darum, mit der Muschel auf der Stirn sein Team zu erreichen.

„Gib Gas, Mensch!", rief Wonzi ihm ungeduldig zu.

Nachdem Mats die Muschel an seinen Kumpel übergeben hatte, jagte der erstaunlich schnell los und schaffte es tatsächlich, Annekes Vorsprung fast auszugleichen.

Otto zog die Augenbrauen hoch. „Wie erwartet. Wonzi geht ab wie eine Rakete. Da staunt ihr, was?"

„So viel Geschicklichkeit hätte ich dem gar nicht zugetraut“, sagte Marit verblüfft.

„Hm ... ich auch nicht“, gab Tami zu. Sie versuchte sich auf ihre Aufgabe zu konzentrieren. Gleich musste sie schneller als Otto sein.

Zoe hatte schon beinahe die Hälfte der Strecke hinter sich gebracht. Dicht gefolgt von Krusch. Der Abstand zwischen den beiden schrumpfte immer mehr.

Und dann stand Zoe auch schon vor Tami. Zeitgleich kam Krusch bei Otto an. Zoe legte Tami die Muschel auf die Stirn.

„Los, Tami! Beeil dich! Lauf endlich los! Du schaffst das. Du machst den Punkt für uns klar!“

Tami eilte die Bahn entlang. Sie biss die Zähne zusammen. Bei dem mittlerweile starken Wind war es gar nicht so leicht, die Muschel nicht zu verlieren. Das durfte aber unter keinen Umständen passieren! Tamis Brustkorb zog sich vor Anspannung zusammen und in ihrem Bauch grummelte es. Sie hatte das Gefühl, auf Watte zu laufen. Ihre Beine schienen sich ohne ihr Zutun zu bewegen. Die Anfeuerungsrufe der Zuschauer drangen nur gedämpft zu Tami. Sie konnte Otto nirgends ausmachen, obwohl er fast gleichzeitig mit ihr gestartet war. Vor ihr hüpfte Anneke wild auf und ab. Sie schrie ihr etwas zu, was Tami aber nicht verstand.

Plötzlich machte es *Plöpp* in ihrem Kopf und Tami hörte alle Geräusche wieder in normaler Lautstärke.

Sie begriff, dass sie nur noch wenige Meter von der Ziellinie und damit vom Sieg trennten. Und noch viel wichtiger: Von Otto war noch immer nichts zu sehen. Damit das so blieb, legte Tami nun einen Zahn zu. Sie gab alles und flog fast über die Piste, bis ... ihr rechter Fuß auf einmal in einem Loch verschwand. Mit voller Wucht stürzte sie vornüber.

Tami öffnete den Mund und ein überraschter Schrei entfuhr ihrer Kehle. Die Muschel flog im hohen Bogen durch die Luft und fiel in etwa anderthalb Metern Entfernung in den Sand. Tami landete unsanft auf ihren Unterarmen. Sie spürte kalten Sand auf ihrer Haut und auf der Zunge, begleitet von einem Aufschrei des Publikums. Sie blickte hoch und sah zu Anneke, die erschrocken die Arme sinken ließ.

„Scheibenkleister!“, fluchte Tami und spuckte die Sandkörner aus. Bevor sie sich wieder aufrappeln konnte, überholte Otto sie und brachte die Muschel auf seiner Stirn sicher ins Ziel.

„Alles okay bei dir? Bist du verletzt?" Marlon kniete sich neben Tami.

„Nein. Mir geht's gut", sagte sie bedröppelt und ergriff Marlons Hand.

Er half ihr auf. „Das ist die Hauptsache."

Tami klopfte sich den Sand vom T-Shirt und ihrer Jeans. „Dieses blöde Loch! Hätte ich doch nur ein bisschen besser aufgepasst!"

„Quatsch! Das hätte jedem passieren können. Der Strand ist so voller Löcher wie ein Schweizer Käse. Mach dir mal keinen Kopf. Eine Chance habt ihr doch noch. Und das nächste Spiel gewinnt ihr einfach. Okay?" Marlon schaute sie mit einer solchen Überzeugung an, dass Tami wieder ein wenig Hoffnung schöpfte.

„Gewinner des zweiten Wettbewerbs ist das Team Fußball", erklang Alinas Stimme durch das Megafon.

Anneke kam zu Tami gerannt. „Alles in Ordnung mit dir? Kannst du laufen?"

Tami nickte und schaute zu den Jungs, die ihren Punktgewinn lautstark mit einer Art Wikingergebrüll feierten. „Ja, kann ich. 'tschuldigung, dass wir wegen meiner Ungeschicklichkeit das Spiel verloren haben."

„Ach was." Marit legte ihr von hinten tröstend den Arm um die Schulter. „Das war einfach nur Pech. Ich hätte dieses blöde Loch wahrscheinlich auch nicht gesehen."

„Keiner von uns hätte das", bekräftigte Zoe.

„Ich will eure Unterhaltung ja nicht unterbrechen. Aber wenn wir den letzten Wettkampf noch im Trockenen abhalten wollen, sollten wir uns beeilen. Da vorne zieht nämlich eine Schlechtwetterfront auf", sagte Marlon und zeigte auf dunkle Gewitterwolken am Himmel, die sich vom Meer langsam in Richtung Festland bewegten.

„Kommen wir nun zum letzten und entscheidenden Spiel", verkündete in dem Moment Alina. „Dem Wagenrennen. Dafür müssen die Gruppen je zwei Mitspieler auswählen. Diese beiden bilden den Wagen, in dem der eine den anderen huckepack nimmt", erklärte die Schiedsrichterin. „Kleiner Tipp von mir: Der Fahrer sollte nicht unbedingt der oder die Schwerste aus der Gruppe sein. Es gibt nur einen Durchlauf. Wie beim ersten Spiel muss der Wagen einmal die Boje umrunden und dann wieder zurück ins Ziel fahren.

Während des Rennens darf der Fahrer, also der Mitspieler auf dem Rücken, natürlich nicht vom Wagen herunterfallen. Berührt er mit dem Fuß den Boden, scheidet er ebenfalls aus und der Punkt geht an die gegnerische Mannschaft. Es gibt keinen zweiten Versuch."

Bei den Mädchen machten sich Zoe und Anneke startklar. Zoe konnte so schnell laufen wie ein Wiesel und nahm die federleichte Anneke huckepack. Die Jungs setzten auf Wonzi als Wagen, der Krusch als Fahrer trug.

Tami war froh, zusammen mit Marit die Daumen drücken zu können und nicht noch einmal starten zu müssen.

„Holen wir uns die Muschelkiste!" Anneke schlang die Arme fest um den Oberkörper ihrer Freundin.

„Da kannst du Gift drauf nehmen." Zoe beugte ihren Oberkörper leicht nach vorn. Ihre Augen hatten die Strecke fest im Visier.

Das Startsignal erklang. Zoe reagierte sofort und sauste mit Anneke auf dem Rücken davon. Wonzis Reaktionsgeschwindigkeit hatte dem nichts entgegenzusetzen. Das verschaffte den Mädchen zunächst einen wichtigen Vorsprung.

Aber dafür war Wonzi schnell. Ziemlich schnell sogar. Als Zoe und Anneke bei den Bojen ankamen, lag er nur noch ein paar Meter hinter ihnen zurück. Mit zusammengebissenen Zähnen umrundete er den Wendepunkt. Er holte weiter auf.

Die Zuschauer hielt es nun nicht mehr in ihren Strandmuscheln. Sie drängten sich dicht an der Wettkampfbahn und brüllten ihrem favorisierten Team lautstarke Anfeuerungsrufe zu.

„Ihr seht gut aus!“

„Jetzt lauf doch endlich! Sonst holen dich die Weinbergschnecken ein!“

„Ist nicht mehr weit!“

„Macht voran! Wir wollen pünktlich Abendbrot essen.“

„Ihr riecht wie Sieger!“, grölte Mats und schlug sich dabei wie King Kong mit den Händen gegen die Brust.

„Hopp, hopp, hopp, schnell wie im Galopp!“, feuerte Marit ihre Freundinnen an, die nach der Hälfte des Rückwegs immer noch eine halbe Pferdelänge Vorsprung vor den Jungs hatten. „Ich glaube, wir gewinnen“, sagte sie begeistert zu Tami. „Dann gehört die Muschelkiste uns.“

„Hoffentlich.“ Tami wagte kaum zu atmen,

ihre Kehle war vor Spannung ganz trocken. Sie hielt sich die gedrückten Daumen vor das Gesicht und beobachtete, wie die Jungs den Abstand zu ihren Freundinnen immer weiter verkürzten. Auf Höhe der blauen Fahne, die nahe der Ziellinie im Wind flatterte, waren beide Teams fast gleichauf. Nur noch wenige Meter! Kurz vor dem Ende der Laufstrecke warf Wonzi seinen Oberkörper mit einem Schrei nach vorne und beschleunigte noch mal sein Tempo. Scheinbar gleichzeitig liefen Zoe und Wonzi ins Ziel ein.

Stand es jetzt unentschieden?

Marlon und Alina steckten die Köpfe zusammen. Sie beratschlagten, welches Team den Wettbewerb gewonnen hatte. Sie diskutierten und schienen zu keinem Ergebnis zu kommen.

„Wer hat denn nun gewonnen?“, fragte Anneke, die mittlerweile vom Rücken ihrer Freundin geklettert war und die Spannung nicht mehr aushielt.

Zoe beugte sich außer Atem vor und stützte beide Hände auf ihren Oberschenkeln ab. „Das wüsste ich auch gerne“, sagte sie und stürzte dann den Inhalt einer Wasserflasche hinunter.

„Gewonnen!“, feierten die Jungs neben ihnen.

Für sie schien der Ausgang der Strandolympiade bereits festzustehen.

„Keine Ahnung. Es sah so aus, als ob ihr gleich schnell gewesen wärt“, sagte Tami und runzelte die Stirn. „Aber vielleicht täusche ich mich ja.“

„Hoffentlich täuschst du dich“, meinte Anneke mit verschränkten Armen. Dann beobachtete sie schweigend Alina und Marlon, die etwas abseits standen und immer noch angeregt miteinander diskutierten.

„Erst mal abwarten, was die Schiedsrichter sagen“, meinte Marit und reichte Zoe eine zweite Wasserflasche.

Als Alina und Marlon endlich ihr Gespräch beendeten und auf die Teams zukamen, wurden sie sogleich von den Jungs und Mädchen bestürmt.

„Wer hat denn nun gewonnen?“, wollte Zoe wissen.

„Wer wohl? Wir natürlich“, war sich Krusch sicher.

Alina machte eine beschwichtigende Handbewegung. „Ich werde das Ergebnis gleich bekannt geben.“

Tamis und Marlons Blicke trafen sich. Er schüttelte nur kurz bedauernd den Kopf.

Oh nein! Sie hatten verloren. Gleich würde Alina die Jungs als Gewinner des Wettbewerbs verkünden. Enttäuscht ließ Tami die Schultern hängen. Wäre sie doch nur nicht gestolpert!

Alina schaltete das Megafon ein. „Wir kommen nun zum Gewinner des letzten Spiels und damit auch des gesamten Wettbewerbs."

„Wurde auch Zeit", sagte Otto und stieß mit Wonzi die Fäuste gegeneinander.

Die Jungs stellten sich wie die Fußballnationalmannschaft in Reih und Glied auf und legten sich gegenseitig die Arme um die Schulter.

Zoe verdrehte die Augen und flüsterte Tami zu: „Guck sie dir an. Fehlt nur noch die Nationalhymne."

„Die Entscheidung ist ..."

„We are the champions, we are the champions", sang Otto Alina übermütig ins Wort.

„Ruhe auf den billigen Plätzen! Sonst gibt es Punktabzug", brachte Marlon Otto zum Schweigen.

„Die Entscheidung ist, dass es keine Entscheidung gibt", verkündete die Sportsprecherin und zuckte bedauernd mit den Schultern. „Tut mir leid."

Verwundertes Murmeln erklang unter den Zuschauern, die links und rechts von der Startbahn neugierig auf das Ergebnis gewartet hatten.

„Was?“ Die Mädchen sahen einander perplex an und auch Tami verstand plötzlich gar nichts mehr. Als Marlon vorhin mit dem Kopf geschüttelt hatte, war für sie klar gewesen, dass sie den Kampf um die Muschelkiste verloren hatten. Und nun sollte es keine Entscheidung geben? Wie konnte das sein?

Mats war empört. „Was soll das denn heißen? Wir haben doch ganz klar gewonnen.“

„Ist wohl ein Witz!“

„Und das vor Zeugen“, bekräftigte Krusch die Aussage seines Freundes.

„Das hat doch jeder hier gesehen“, regte sich Otto auf.

Wonzi begann nun wild auf die beiden Schiedsrichter einzureden und machte dabei hektische Handbewegungen. Sein Kopf hatte die Farbe der knallroten Bojen angenommen. Doch Alina und Marlon ließen sich nicht beirren.

Alina gab das Gesamtergebnis bekannt: „Beim letzten Spiel sind beide Teams gleichzeitig ins Ziel gekommen. Somit haben wir einen Gleichstand. Keine Mannschaft hat die Strandolympiade gewonnen."

„Schiebung!", kamen Rufe aus dem Fanlager der Jungs.

„Unfair!"

„Was ist mit einem Stechen?", fragte Zoe. „Das Ergebnis hilft schließlich keinem von uns weiter."

„Ja, genau. Mit einem Unentschieden geben wir uns nicht zufrieden." Wonzi war ausnahmsweise mal einer Meinung mit den Mädchen und knackte angriffslustig mit seinen Fingerknöcheln.

„Darüber können wir ...", weiter kam Alina nicht.

In diesem Moment krachte es gewaltig. Das heraufziehende Unwetter war nicht mehr weit vom Festland entfernt und näherte sich bedrohlich.

„Darüber können wir ein anderes Mal reden", beendete Alina ihren Satz und steckte das Megafon in einen großen Beutel. „Wir werden für das Stechen einen neuen Termin ausmachen."

Die Schaulustigen packten nun ebenfalls ihre Strandmuscheln zusammen und suchten eilig das Weite.

Marlon klappte den Tisch zusammen und klemmte ihn sich unter den Arm. „Wir sollten besser schauen, dass wir hier so schnell wie möglich wegkommen. Es sei denn, ihr seid scharf darauf, vom Blitz erschlagen zu werden.“

Das Unwetter

„Was macht Zafira denn noch auf der Koppel?“ Tami traute ihren Augen nicht, als sie die trächtige Stute mutterseelenallein auf der Weide entdeckte, die ein ganzes Stück abseits vom Stall lag.

Sie hatte Marlon nach dem Wettbewerb geholfen, die Fahnen einzusammeln und die Bojen zurück zur Surfschule zu bringen. Die anderen waren aus Angst vor dem aufziehenden Gewitter schon ins Internat zurückgekehrt.

In nicht allzu weiter Ferne erklang ein beunruhigendes Grollen. Eine unmissverständliche Ankündigung, dass keine Pferde mehr auf der Weide sein sollten und es allerhöchste Zeit war, Zafira in den sicheren Stall zu bringen.

„Sieht fast so aus, als hätte man sie vergessen“,

meinte Marlon, öffnete wie selbstverständlich das Gatter zur Koppel und hielt es für Tami auf.

Sie schaute ihm überrascht dabei zu. „Was machst du da?“

Er zuckte mit den Schultern. „Dir helfen?“

„Okay. Mal wieder.“ Tami musste grinsen.

Marlon blieb am Gatter stehen, während Tami auf die Wiese lief, und zeigte zum Himmel. „Schau mal, das da sind Mammatus-Wolken.“

Tami blickte nach oben. „Die sehen wie Beutel aus, in die man etwas reinpacken kann.“

„Beutelförmig sind sie wirklich. Und so, wie die aussehen, passt da jede Menge Unwetter rein.“ Marlon folgte Tami auf die Weide.

Trotz des heraufziehenden Unwetters gingen sie langsam auf die grasende Zafira zu, um sie nicht unnötig aufzuschrecken. Die trächtige Stute stand vor einem Pferdeschlag und wedelte kräftig mit ihrem Schweif, um lästige Fliegen zu vertreiben.

„Woher kennst du dich eigentlich so gut mit Wolken aus?“

„Als Surfer ist es hilfreich, einiges über das Wetter zu wissen.“

„Klar. Klingt logisch“, meinte Tami. „Bleib

mal kurz hier stehen. Ich gehe besser alleine zu Zafira. Mich kennt sie."

„Okay." Marlon wartete ein paar Meter von der Stute entfernt und beobachtete, wie Tami sich Zafira von der Seite her näherte und dabei mit ruhiger Stimme auf sie einredete. Zafira spitzte neugierig die Ohren.

„Ja, du bist eine ganz Feine", sagte Tami leise. Langsam streckte sie ihren Arm aus und kraulte das Pferd zuerst hinter den Ohren, dann streichelte sie über die beeindruckende Wölbung des Bauchs. „Der fühlt sich wie eine mit Luft aufgepumpte Trommel an." Tami griff nach Zafiras Halfter und führte sie langsam zu Marlon, der immer noch geduldig an der gleichen Stelle auf sie wartete.

Er lächelte und dabei bildeten sich Grübchen in seinen Wangen, die Tami besonders süß fand. „Hallo, Zafira. Jetzt geht's stallwärts."

„Gut, dass sie wenigstens ein Halfter umhat. Sonst hätten wir noch eins holen müssen", meinte Tami. „Und das wäre knapp geworden."

Wie zur Bestätigung ihrer Worte grollte es wieder. Der Himmel hatte sich weiter verfinstert und es fielen bereits einzelne Regentropfen herab.

„Es wird nicht mehr lange dauern, bis hier richtig was los ist“, schätzte Marlon.

„Schade, dass ich keinen Führstrick dabeihabe. Damit könnte ich sie sicherer zum Stall bringen.“

„Warte, ich habe eine Idee.“ Marlon nahm seinen Rucksack ab und kramte darin rum, bis er fand, wonach er suchte. „Damit dürfte es für das kurze Stück auch gehen. Siehst du, wenn du es doppelt nimmst, ist es fast so gut wie ein Führstrick.“ Er hielt Tami ein buntes, schmales Seil hin.

„Was du nicht alles mit dir rumschleppst“, wunderte sie sich und nahm den Strick.

„Das ist eine Trimmleine. Gehört zur Standardausrüstung von Windsurfern. Meine reißen öfter, deswegen schleppe ich immer ein paar Meter Ersatz mit mir rum.“

„Wirklich äußerst praktisch“, meinte Tami.

Marlon half ihr, das schmale Seil durch die Öse am Halfter zu ziehen, die eigentlich für einen Karabinerhaken bestimmt war.

„Danke. Einhändig wäre es etwas schwierig geworden“, sagte Tami und führte Zafira zum Gatter.

Als sie die Koppel zusammen mit dem Pferd verließen, war die bedrohlich aussehende Wolkenwand fast über ihnen angekommen. Marlon beeilte sich, das Gatter hinter ihnen wieder zu schließen. Dann folgte er Tami, die die Stute langsam über einen unebenen Feldweg führte, an dessen Ende die Stallungen lagen.

Marlon legte erneut den Kopf in den Nacken und kräuselte die Stirn. „Das sieht richtig übel aus, was da aufzieht. Das wird mehr als ein normales Unwetter. Meinst du, die Stute könnte vielleicht ein bisschen schneller gehen, damit wir vor dem Gewitter im Stall ankommen?“

„Nein, auf keinen Fall. Das wäre viel zu gefährlich für Zafira und das Fohlen“, antwortete Tami entschieden. Aber sie verstand Marlons Frage und die damit verbundenen Bedenken. Sie fühlte sich auch unbehaglich. Am liebsten wäre sie so schnell wie möglich zum Reiterhof gelaufen, um sich unterzustellen. Doch sie war für kein Unwetter der Welt bereit, die Gesundheit der Stute und des ungeborenen Fohlens aufs Spiel zu setzen. Nun kam es darauf an, dass sie einen kühlen Kopf bewahrte und ruhig blieb. „Es ist ja nicht mehr weit. Das schaffen wir schon.“

Der Marsch über den schmalen Pfad zog sich wie Kaugummi. Erste Blitze zuckten über ihnen und Zafira blähte nervös ihre Nüstern. Sie schien die heranziehende Unruhe zu spüren und beschleunigte von allein ihren Gang.

„Ganz ruhig, meine Schöne", sagte Tami. Sie streichelte dem Pferd über den Hals. „Gut machst du das, du brauchst dich nicht aufzuregen. Wir sind ja gleich da."

Nach einer gefühlten Ewigkeit bogen sie endlich auf das geschützte Hofgelände, und mit einem Mal verdunkelte sich der Himmel schlagartig, als hätte der Wettergott die Vorhänge zugezogen.

„Uh! Das ist jetzt ganz schön unheimlich. Lauf lieber mal vor und schieb die Stalltür auf", bat Tami Marlon.

„Alles klar!" Marlon rannte an der Mistgrube vorbei quer über den menschenleeren Hof bis zu dem roten Backsteingebäude mit der grünen Schiebetür. Für gewöhnlich klemmte sie, und Marlon musste ein paar Mal kräftig an ihr ruckeln, bis sie endlich quietschend nachgab.

Durch die Wolken schimmerte ein unnatürlich grünliches Licht, und heftige Böen kamen auf, als Tami mit Zafira die Stalltür erreichte.

„Geschafft!“ Tami atmete vor Erleichterung tief aus. Sie führte Zafira an den Pferdeboxen vorbei durch die verlassene Stallgasse.

Marlon ging vor ihr her. „Welche Box ist denn ihre?“

„Die Eckbox, da ganz hinten.“

Draußen ergoss sich mit einem Mal ein heftiger Platzregen und trommelte gegen die Fenster des Gebäudes.

„Puh! Bin ich froh, dass wir es noch rechtzeitig geschafft haben“, sagte Tami zu Marlon, der ihr und Zafira die Boxentür offen hielt.

„Das nenne ich perfektes Timing“, stimmte er ihr zu. „Fast so, als hätte Zafira gewusst, wann der Spuk losgeht.“

„Jetzt bist du mit deinem Pferdebaby in Sicherheit. Und kannst dich nun ausruhen.“ Tami löste die Trimmleine, um sie Marlon zurückzugeben, und nahm Zafira dann das Halfter ab. Die Stute lief in eine Ecke, in der sich frisches Heu befand, und begann sofort zu fressen. „Wenigstens eine Sache, die heute funktioniert hat.“ Tami hängte das Halfter an den Riegel außen an der Box.

Marlon stopfte das Seil zurück in seinen Rucksack. „Du meinst die unentschiedene Strandolympiade?“

„Ja.“

„Ärgere dich deswegen doch nicht.“

„Das wurmt mich irgendwie. Wir sind wieder genau da, wo wir vorher waren. Das Ganze hat uns keinen Zentimeter weitergebracht.“ Tami schnappte sich einen halben Ballen Stroh, der neben der Futterkiste lag, und verteilte ihn in Zafiras Box, damit die zukünftige Pferdemama besonders weich liegen konnte. Danach verriegelte sie die Boxentür und beobachtete Zafira, die immer noch malmend in der Ecke stand und mit dem Heu beschäftigt war. Der Wind pfiff um das Backsteinhaus und die Dachbalken knackten.

„Das sehe ich nicht so“, nahm Marlon das Gespräch wieder auf. „Immerhin ist ein Gleichstand besser, als zu verlieren. Ihr habt doch noch alle Chancen auf den Sieg.“

Tami zog die Augenbrauen hoch. „Oder auf ein neues Unentschieden.“

„Ich sehe das etwas positiver. Außerdem wissen die Jungs nun, dass es gar nicht so leicht ist, gegen euch zu gewinnen, wie sie sich das vorgestellt haben.“

„Ja, aber es ist … Oh!“

Draußen rumste es kräftig.

Erschrocken spähten Tami und Marlon durch eines der kleinen Stallfenster. Die alte Eiche vor dem Stall ächzte im Wind. Ein großer Ast war aus der Baumkrone gebrochen und auf den Boden gefallen.

Hinter ihnen begann Zafira unruhig in der Box hin- und herzulaufen. Die anderen Pferde meldeten sich nun ebenfalls, traten nervös mit ihren Hufen gegen die Boxentüren oder schnaubten aufgebracht.

Tamis Augen weiteten sich angstvoll. „Oh mein Gott. Es geht los! Ich muss sofort rüber zum Gutshaus und Marits Eltern Bescheid geben“, sagte Tami hektisch und wollte sofort losstürmen. Sie spürte, dass mit Zafira etwas nicht stimmte.

Aber Marlon fasste Tami an der Schulter und hielt sie zurück. „Hast du mal nach draußen geschaut? Da geht gerade die Welt unter und du willst mal eben zum Gutshaus.“ Er schaute sie eindringlich an.

Tami trat von einem Fuß auf den anderen. Es war immerhin die erste Fohlengeburt, bei der sie dabei war. „Das ist mir egal. Zafira und das Fohlen gehen vor. Da kann ich doch nicht abwarten, bis irgendwann mal das Unwetter vorbei ist. Sie braucht jetzt Hilfe und nicht später."

„Hör zu. Folgender Plan: Ich gehe Marits Eltern holen und du bleibst bei Zafira. Okay?"

„Aber ...", versuchte Tami ihm zu widersprechen.

„Kein Aber. Erstens kennst du dich besser mit Pferden aus als ich. Und zweitens ist sie an dich gewöhnt. Du kannst sie in der Zwischenzeit beruhigen, während ich Hilfe hole."

Das leuchtete Tami ein. „Na gut. Aber beeil dich. Irgendwas stimmt nicht mit ihr."

„Na ja, sie kriegt ihr erstes Fohlen." Marlon zwinkerte Tami aufmunternd zu und sauste zur Schiebetür, die im gleichen Augenblick von außen aufgezogen wurde.

Marits Mutter erschien im Türspalt. Sie war völlig durchnässt und hatte den Kragen ihres Steppmantels hochgestellt.

„Frau Kellinghaus! Ein Glück, dass Sie kommen", rief Tami erleichtert.

„Ja, um Himmels willen, was macht ihr denn hier? Solltet ihr bei dem Wetter nicht längst zu Hause sein?", fragte Marits Mutter erstaunt. Regenwasser tropfte von den Haarsträhnen, die ihr ins Gesicht hingen.

„Wir wollten Sie gerade holen. Wegen Zafira“, erklärte Tami. „Ich glaube, es geht ihr nicht gut.“

„Zafira? Die suche ich schon die ganze Zeit. Ich wollte sie von der Koppel holen, doch da war sie nicht. Sie hat wohl Panik bei dem Gewitter bekommen und ist ausgebüxt. Wahrscheinlich irrt sie nun da draußen herum. Und das in ihrem Zustand. Es ist eine Katastrophe! Ich mache mir solche Vorwürfe, dass ich sie nicht eher reingeholt habe. Aber das Unwetter kam so schnell, dass ich es nicht eher geschafft habe. Und ich bin ganz allein. Mein Mann ist vorhin mit Marit und ihren Brüdern nach Quernhorn zum Futterhändler gefahren, wisst ihr …“

„Frau Kellinghaus“, unterbrach Marlon sie und zeigte mit dem Finger auf die Eckbox. „Machen Sie sich keine Sorgen. Zafira ist hier. Allerdings braucht sie Ihre Hilfe.“

Zafira braucht Hilfe

„Hm“, machte Frau Kellinghaus grüblerisch und beobachtete das Verhalten der Stute aufmerksam, die sich mehrfach hingelegt hatte und dann wieder aufgestanden war. „Ja, ihr habt recht. Es sieht ganz danach aus, als würde es bei Zafira langsam losgehen.“

„Ist denn wirklich alles in Ordnung mit ihr?“, fragte Tami zweifelnd.

„Sie macht für ihre Umstände einen normalen Eindruck. Dabei dachte ich, sie hätte noch ein Weilchen Zeit. Aber Fohlen kommen nie nach Zeitplan. Sie kommen, wann sie wollen. Und wer weiß, vielleicht trägt der Sturm auch dazu bei, dass es nun schneller geht.“

Tamis Wangen glühten vor Aufregung. „Wie lange wird es denn noch dauern?“

„Du meinst, bis das Fohlen da ist?“

Tami nickte.

„Schwer zu sagen. So eine Fohlengeburt kann sich gut und gerne über ein paar Stunden hinziehen. Unter Umständen kommt es sogar erst morgen früh zur Welt. Ich werde aber vorsichtshalber schon jetzt die nötigen Vorbereitungen treffen. Sicher ist sicher.“ Frau Kellinghaus schickte Marlon los, einen Ballen Stroh vom Heuboden zu holen, den sie dann in der Abfohlbox verteilte. „Wollt ihr bei Zafira Wache halten?“, fragte sie, nachdem sie die Box ausgepolstert hatte.

„Mich kriegen hier jedenfalls keine zehn Pferde weg“, sagte Tami entschlossen. „Ich bleibe, bis das Fohlen da ist.“

Marlon gähnte. „Und ich leiste dir natürlich Gesellschaft.“

„Na, wenn das so ist.“ Frau Kellinghaus lachte. „Dann gehe ich zurück zum Haus. Sagt mir bitte Bescheid, wenn sich die werdende Mutter auffällig verhält.“

Marlon nickte. „Okay, machen wir.“

„Ich rufe gleich eure Eltern an und informiere sie, dass ihr hier seid. Nicht dass sie sich noch unnötig Sorgen machen.“ Frau Kellinghaus schob die knarrende Stalltür auf. Der Sturm wackelte heftig an der Holztür und das Rauschen des Regens konnte mittlerweile locker mit der Geräuschkulisse eines reißenden Bergbachs mithalten. Marits Mutter verzog das Gesicht und stellte dann den Kragen ihres Mantels wieder hoch. „Denkt euch schon mal einen passenden Namen für das Gewitterfohlen aus." Frau Kellinghaus rannte über den Hof, wobei sie versuchte, um die Pfützen herumzulaufen, die sich dort gebildet hatten.

Marlon schob die Stalltür zu. Sie waren wieder allein im Stall.

„Danke, dass du mir Gesellschaft leistest", sagte Tami.

Marlon reckte die Arme in die Luft und gähnte wieder. Dann ließ er sich auf einen Strohballen neben der Futterkiste plumpsen und zog den Reißverschluss seiner Jacke hoch. „Ach, da nicht für. Wahrscheinlich werde ich eh nichts von der Geburt mitbekommen, weil ich irgendwann einschlafe und erst wieder wach werde, wenn schon längst alles gelaufen ist."

Tami lachte. „So tief kann kein Mensch schlafen. Noch nicht einmal du."

„Oh, da unterschätzt du eindeutig meine Tiefschlafqualitäten. In Wirklichkeit heiße ich nämlich gar nicht Sturm, sondern Murmeltier mit Nachnamen“, witzelte er und rieb sich die Hände. „Ganz schön zugig hier.“

„Warte, ich hole uns Decken.“ Tami verschwand in der Sattelkammer und kam kurz darauf mit zwei Wolldecken wieder.

„Schon besser.“ Marlon wickelte sich in seine Decke.

Die beiden beobachteten, wie Zafira immer wieder mit den Hufen aufstampfte und scheinbar nicht glauben konnte, was gerade in ihr los war. Keiner sprach ein Wort. Im Stall war nur das Rauschen des Regens, das hohe Pfeifen des Windes und hier und da leises Pferdeschnauben zu hören.

Tami legte den Kopf in den Nacken. Auf einmal war sie ziemlich müde. Ihre Augen wurden immer schwerer. Aber Tami riss sich zusammen. Entschlossen rieb sie sich über die Lider. Sie musste unbedingt die Stellung halten und durfte auf keinen Fall einschlafen!

Mit einem Mal wurde es draußen schlagartig taghell. Dann ertönte ein ohrenbetäubender

Knall, der Stallboden vibrierte wie bei einem Erdbeben und kurz darauf wurde es stockduster. Tami und Marlon gingen reflexartig in die Hocke und hielten sich die Ohren zu. Die Stallbeleuchtung war ausgefallen und die Pferde in ihren Boxen scharrten unruhig mit den Hufen.

„Was war das?“, fragte Tami geschockt. Sie kauerte immer noch am Boden. Das Herz schlug ihr bis zum Hals und ihr Körper zitterte wie Espenlaub.

„Oh Mann, ich glaube, ich bin taub.“ Marlon klopfte gegen seine Ohren und schüttelte den Kopf. Dann versuchte er den Lichtschalter zu betätigen und schnüffelte. „Das Licht funktioniert nicht mehr und die Luft riecht leicht verbrannt. Ich wette, ein Blitz hat hier ganz in der Nähe kräftig eingeschlagen und die Stromversorgung lahmgelegt.“ Er spähte durch ein Fenster nach draußen. „Verdammt. Die alte Eiche ist hinüber. Der Blitz hat sie in der Mitte gespalten.“

„Hoffentlich ist mit Zafira alles okay.“ Tami richtete sich auf und stürzte zu der Eckbox. Ihr Herz begann noch stärker zu pochen, als sie die Stute sah.

Trotz des Stromausfalls konnte Tami erkennen,

wie Zafira aufgeregt die Nüstern blähte. Ihr Körper bebte, der Hals war nass geschwitzt und die angstvollen Stöhnlaute ließen auf starke Schmerzen schließen.

Bei Tami schrillten die Alarmglocken. Sie spürte instinktiv, dass bei der bevorstehenden Geburt etwas gewaltig schieflief. „Marlon, du musst sofort Frau Kellinghaus holen!“, rief sie. „Schnell!“

„Bin schon unterwegs.“ Marlon sprang auf und rannte los.

„Du musst durchhalten, Zafira. Hörst du? Alles wird gut! Du bekommst das süßeste und schönste Fohlen der Welt!“

Zafira stapfte unruhig in der Box herum und trat mit den Hufen immer wieder gegen die Wände.

Tami umklammerte den Türriegel mit ihren Händen. Am liebsten wäre sie zu Zafira hineingegangen, doch das hätte das Tier nur weiter beunruhigt. Tami blieb also nichts anderes übrig, als leise auf die Stute einzureden. Sie sollte wissen, dass sie nicht allein war und Tami ihr beistand.

Eine Ewigkeit schien vergangen zu sein, bis Marlon mit Frau Kellinghaus im Stall eintraf.

Marits Mutter leuchtete mit einer Taschenlampe in die Box und betrachtete Zafira eine Weile konzentriert, ohne ein Wort zu sagen. Dabei bildeten sich zwei Sorgenfalten zwischen ihren Augen. „Wäre doch nur mein Mann schon wieder da. Eine zweite Meinung könnte ich jetzt gut gebrauchen."

„Was ist denn?", fragte Tami beunruhigt.

„Ich weiß es nicht genau." Frau Kellinghaus zuckte ratlos die Schultern. „Zafira verhält sich nicht überdurchschnittlich außergewöhnlich. Jedenfalls nicht auffälliger, als es in ihrem Zustand normal ist. Trotzdem gefällt sie mir nicht. Aber ich kann nicht genau sagen, woran es liegt."

„Ich kenne mich zwar nicht sonderlich mit Pferden aus, aber können wir irgendetwas tun?", fragte Marlon hilfsbereit.

„Nicht wirklich. Ich werde Doktor Hansen anrufen. Er soll kommen und sich Zafira ansehen." Frau Kellinghaus kramte in ihrer Manteltasche und beförderte kurz darauf ein Handy hervor. Sie schaute auf das Display. „Das hat mir gerade noch gefehlt. Kein Empfang. Nicht ein Balken. Und ohne Strom kann ich Doktor Hansen nicht einmal vom Festnetz aus anrufen."

Die Stute stöhnte erneut und legte sich ins Stroh. Sie blinzelte unsicher, als wüsste sie nicht recht, was mit ihr geschah. Frau Kellinghaus ging langsam zu ihr in die Box, streichelte behutsam Zafiras Kopf und sprach ihr gut zu.

„Was machen wir denn nun?“, drängelte Tami voller Sorge, dass Zafira die Geburt ohne tierärztliche Hilfe nicht schaffen würde.

Frau Kellinghaus trat wieder aus der Box. „Abwarten, bis mein Mann wieder da ist. Mehr können wir nicht tun. Er kann dann den Tierarzt mit dem Auto holen.“

Mittlerweile wälzte Zafira sich und gab dabei merkwürdige Geräusche von sich. Tami spürte, wie sich ihr die Kehle langsam zuschnürte. Zafira litt, und sie wusste nicht, wie sie ihr helfen sollte.

Frau Kellinghaus hielt den Strahl der Taschenlampe auf die Stute gerichtet. „Normalerweise müsste langsam die Wasserblase zu sehen sein. Ich kann aber nichts erkennen.“

„Ich fürchte, bis Ihr Mann kommt, könnte es zu spät sein.“ Marlon sprach Tamis schlimmste Befürchtung aus.

„Marlon hat recht. Wir können nicht mehr länger warten. Ich glaube, Zafira hat große Schmerzen. Frau Kellinghaus, wir müssen etwas tun!" Tami klang verzweifelt.

„Wir haben aber keine andere Wahl, als abzuwarten, Tami", sagte Frau Kellinghaus. „Ein zweites Auto haben wir nämlich nicht. Und es ist einfach zu gefährlich, sich bei dem Orkan zu Fuß auf den Weg zu machen. Der Tierarzt wohnt am anderen Ende des Ortes."

In diesem Moment schepperte es vor dem Stall. Der Sturm hatte ein paar rote Ziegel vom Dach geweht, die durch die Wucht des Aufpralls auf dem Hof zersplitterten.

Doch selbst das konnte Tami nicht von ihrem Vorhaben abbringen. „Dann reite ich eben auf Filou zu Doktor Hansen", beschloss sie kühn.

Marits Mutter schnappte nach Luft. „Reiten? Auf Filou? Bei der Wetterlage?"

„Das ist besser, als zu warten."

„Es mag ja sein, dass du keine Furcht kennst, aber Filou würde dich beim ersten Donnerschlag in hohem Bogen abwerfen und Reißaus nehmen. Er ist nämlich ein ziemlich großer Angsthase, musst du wissen."

„Haben Sie zufällig einen Traktor?", erkundigte sich Marlon.

„Ja, sicher. Er steht drüben in der Scheune. Aber warum fragst du?"

„Ich kann Traktor fahren."

„Du kannst *was*?" Tami schüttelte ungläubig den Kopf. Auf dem Surfbrett kannte sie Marlon ja, aber dass er mit einem grünen Schlepper durch die Straßen kurvte, konnte sie sich nicht so richtig vorstellen.

„Traktor fahren", wiederholte Marlon, nicht ohne ein wenig Stolz in seiner Stimme. „Hat mir mein Opa beigebracht. Zu wissen, wie man einen Traktor fährt, kann einem in vielen Lebenslagen behilflich sein, hat er immer gesagt."

„Du willst doch nicht etwa ...?"

„Ganz genau, das will ich", fiel er Tami ins Wort und fuhr dann an Marits Mutter gerichtet fort: „Würden Sie uns den Traktor ausleihen, damit wir zu Doktor Hansen fahren können?"

„Ja, also, ich weiß nicht recht ..." Frau Kellinghaus zögerte und warf einen Blick auf Zafira, die immer mehr zu leiden schien.

„Tja, außergewöhnliche Situationen erfordern eben außergewöhnliche Maßnahmen", versuchte Marlon sie von seinem Plan zu überzeugen.

„Aber ich kann eure Eltern gar nicht fragen, ob

sie damit einverstanden sind, dass ihr bei diesem Wetter mit dem Traktor durch die Gegend fahrt. Das Telefon ist doch tot", warf Frau Kellinghaus ein.

„Tja, umso besser, würde ich sagen. Dann können sie immerhin nicht Nein sagen", argumentierte Marlon und lächelte sein schönstes Lächeln.

„Genau", stimmte Tami ihm zu. „Bitte, Frau Kellinghaus. Wir müssen Zafira doch helfen. Bitte, lassen Sie uns fahren."

Die Reitlehrerin fuhr sich hektisch durch die Haare. Dann hob sie beide Hände. „Okay, okay. Ihr habt es geschafft. Ich ergebe mich."

Marlon klatschte in die Hände.

„Aber seid bloß vorsichtig!", ermahnte Frau Kellinghaus Tami und Marlon.

Eine schwere Geburt

Tami kletterte blitzschnell hinauf auf den Beifahrersitz des Traktors. Sie wollte so schnell wie möglich Richtung Tierarzt aufbrechen. Frau Kellinghaus hielt Marlon den Schlüssel entgegen.

„Und du versprichst mir, vorsichtig zu fahren? Keine Experimente. Keine waghalsigen Mutproben.“

„Natürlich nicht. Ich fahre so vorsichtig wie auf rohen Eiern“, versicherte Marlon.

„In Ordnung. Ich verlass mich darauf“, sagte Frau Kellinghaus.

Marlon ließ sich auf dem Fahrersitz nieder und schloss den Sicherheitsgurt. Wenige Sekunden später erklang das typische Motorenrattern und der Schlepper setzte sich ruckelnd in Bewegung.

„Ein Glück!“, rief Tami über den Motorenlärm

und das Sturmgeheule hinweg, als sie auf die Landstraße bogen. Der Wind erschwerte die ohnehin wackelige Fahrt zusätzlich. Tami klammerte sich an ihrem Sitz fest. „Ich dachte schon, Marits Mutter macht im letzten Moment einen Rückzieher."

Marlons Blick war konzentriert auf die menschenleere Straße gerichtet, die auf schnellstem Wege zum Haus des Tierarztes führte. „Deswegen habe ich auch so schnell den Motor gestartet."

Eine kräftige Windböe erfasste den Traktor und brachte ihn ins Schlingern. Wenige Meter vor ihnen krachte ein riesiger Ast auf die Straße.

„Vorsicht!", rief Tami und krallte sich noch fester an den Sitz.

Marlon fuhr einen großen Bogen um das Hindernis herum.

Immer wieder mussten sie Ästen oder umgestürzten Bäumen ausweichen. Ihre Fahrt glich zunehmend einem schwierigen Slalom.

„So heftig habe ich es mir wirklich nicht vorgestellt", gab Tami zu und versuchte, das mulmige Gefühl in ihrem Bauch auszublenden. Hoffentlich schafften sie es heil bis zu Doktor Hansen.

„Willst du lieber wieder umkehren?“, fragte Marlon.

Tami beugte sich zu ihm vor. „Was? Ich habe dich nicht verstanden. Der Wind pfeift so laut.“

„Ob du umkehren willst?“, wiederholte er seine Frage.

„Umkehren? Nur weil ich Schiss habe? Und deswegen Zafiras Leben und das des Fohlens riskieren? Niemals!“, sagte sie entschlossen und biss die Zähne zusammen.

Es schien gefühlte Stunden zu dauern, bis sie die schmale Sackgasse erreichten, in der das reetgedeckte Wohnhaus von Doktor Hansen stand.

„Da vorne ist es“, sagte Marlon und hielt auf der gegenüberliegenden Seite. „Ich war hier schon einmal wegen unseres Hundes.“

„Wir haben Glück! Hinter dem Fenster, da brennt Licht. Er ist zu Hause“, sagte Tami erleichtert und gurtete sich ab.

„Hast du etwa geglaubt, er macht bei diesem Wetter einen Spaziergang?“, neckte Marlon sie.

„Natürlich nicht. Aber es hätte ja sein können, dass er zu einem anderen Notfall unterwegs ist und wir umsonst hergekommen sind.“ Dieser Gedanke war ihr auf dem Weg zum Haus des Tierarztes gekommen. Im Stillen hatte sie dafür gebetet, dass sie den Doktor antreffen würden.

„Stimmt. Der Punkt geht an dich. Bist du bereit?“, fragte Marlon.

„Ja.“

„Dann los!“

Die beiden rannten geduckt auf das Haus des Tierarztes zu. Dabei achteten sie darauf, nicht unter Bäumen zu laufen, damit sie nicht von herabfallenden Ästen getroffen wurden.

Doktor Hansen traute seinen Augen nicht, als er die Tür öffnete. „Du liebe Zeit! Was macht ihr denn bei diesem Wetter da draußen? Kommt schnell rein.“

Tami und Marlon erklärten dem Tierarzt hastig den Grund für ihren unangekündigten Besuch. Doktor Hansen kam aus dem Kopfschütteln nicht heraus. Er hatte nicht mitbekommen, dass in einem Teil von Tidelund der Strom ausgefallen war. Bei ihm funktionierten die elektrischen Geräte und auch die Telefonleitung einwandfrei.

„Und bei dem Wetter seid ihr extra mit dem Traktor zu mir gefahren? Das nenne ich mutig. Dem Himmel sei Dank, dass euch nichts passiert ist!“ Dann zog er sich einen dunklen Trenchcoat über, nahm die schwarze Arzttasche und ein Schlüsselbund vom Tisch. „Zum Reiterhof zurück fahrt ihr aber mit mir. Den Traktor könnt ihr erst einmal hier stehen lassen. Nun müssen wir uns aber beeilen. Wir wollen die werdende Mutter schließlich nicht noch länger warten lassen.“

Mit Doktor Hansens Kombi war die Rückfahrt eine Sache von wenigen Minuten. Er hielt mit quietschenden Reifen direkt vor den Stallungen und eilte mit dem schwarzen Koffer in der Hand zu Zafira.

Als die drei die Stallgasse erreichten, ertönte aus der Abfohlbox ein Laut, der ganz fremdartig klang. Tami schauderte. Die Stute lief nervös in der Box auf und ab. Sie blähte die Nüstern und durch ihren Körper wogten rhythmische Wellen. Dann legte sie sich ins Heu.

„Endlich sind Sie da, Doktor“, empfing Frau Kellinghaus den Tierarzt. „Wir sind mittlerweile in der Austreibungsphase. Die Wasserblase ist schon vor einiger Zeit geplatzt. Aber nun geht es nicht weiter.“

„Es könnte sein, dass sich das Fohlen mit seinen Gliedmaßen verkantet hat", meinte Doktor Hansen und zog sich Handschuhe an.

„Ist das schlimm?", fragte Tami und verfolgte nervös jedes Zucken der Stute. Ihr war hundeelend zumute. Sie konnte kaum mehr mit ansehen, wie Zafira sich quälte.

„Jetzt bin ich ja bei ihr", beruhigte sie der Tierarzt und legte ihr beschwichtigend eine Hand auf die Schulter. „Ich gehe nun zu Zafira und werde sie ein bisschen bei der Geburt unterstützen."

Doktor Hansen redete ruhig auf das Tier ein und untersuchte es ausgiebig. „Man kann schon den Kopf und einen Vorderhuf erkennen. Das Fohlen scheint tatsächlich im Geburtskanal festzustecken. Es ist gut, dass ihr mich geholt habt. Das haben wir gleich."

Tami wagte kaum zu atmen und presste sich die Fäuste vor den Mund. Angespannt starrte sie zu Zafira. Lautlos wiederholte sie immer wieder den einen Gedanken: Hoffentlich ging alles gut und hoffentlich war das Fohlen gesund! Sie würde auch nie wieder ihre Hausaufgaben vergessen oder über die Jungs lästern.

Tami hatte vor lauter Anspannung gar nicht bemerkt, dass Marlon sich neben sie gestellt und ihr einen Arm um die Schulter gelegt hatte. „Es wird alles gut werden“, flüsterte er ihr zu. „Bestimmt.“

Doch trotz Doktor Hansens Hilfe schien das Fohlen einfach nicht auf die Welt kommen zu wollen. Immer wieder verschwand es im Geburtskanal. Doch dann stöhnte Zafira noch einmal laut auf und mit der nächsten Wehe plumpste das von der Fruchtblase umhüllte Fohlen ins Stroh. Endlich!

Der Tierarzt war sogleich zur Stelle und befreite das Neugeborene zusammen mit Marits Mutter. „Herzlichen Glückwunsch, es ist ein kleiner Rappe“, sagte er.

„Wahnsinn“, flüsterte Tami und konnte noch gar nicht begreifen, dass die Geburt von jetzt auf gleich vorbei war.

Im schwachen Licht der batteriebetriebenen Lampe, die Frau Kellinghaus notdürftig für den Tierarzt aufgestellt hatte, konnte Tami erkennen, wie sich die Beine des Fohlens bewegten. Vor Erleichterung war Tami den Tränen nahe.

„Tatsächlich. Ein Rappe.“ Marits Mutter trat näher an das Fohlen heran. „Ganz die Mutter, das Kleine.“

Der Tierarzt und Frau Kellinghaus verließen die Box. Den Rest würde nun die frischgebackene Mutter erledigen.

Zafira richtete sich auf und beschnupperte das Fohlen, das vor ihr im Stroh lag. Dann schleckte sie das glänzende Fell ihres Kindes emsig ab, während das Neugeborene versuchte, den Kopf zu heben.

„Tatsächlich. Pechschwarz. Nur auf der Stirn hat es einen schneeweißen Fleck“, stellte Tami fest. „Mensch, der sieht ja aus wie eine Wolke! Als hätte das Fohlen gewusst, dass während seiner Geburt Gewitterwolken am Himmel stehen.“

„Tja, die Natur hält manchmal verblüffende Überraschungen bereit“, meinte Dr. Hansen und lachte. „Meine Aufgabe wäre hiermit erfüllt“, sagte er und begann seine Instrumente zurück in die Tasche zu packen. In diesem Moment flackerte das Licht der Stalllampen auf. „Ah, wer sagt es denn? Der Strom ist auch wieder da. Das ist ein gutes Omen.“

Frau Kellinghaus reichte ihm die Hand. „Vielen Dank, Herr Hansen, dass Sie trotz des Unwetters gekommen sind.“

Der Tierarzt winkte ab. „Das war doch selbstverständlich. Und vor allem notwendig“, ergänzte er mit einem Seitenblick zu Tami. „Bitte beobachten Sie, ob die Nachgeburt innerhalb von zwei Stunden abgeht. Falls nicht, dann rufen Sie mich an.“

„Das mache ich. Unser Telefon wird ja hoffentlich wieder funktionieren.“ Marits Mutter schaute zu Tami und Marlon, die gebannt beobachteten, wie sich das kleine Fohlen hochzustemmen versuchte. „Ich rufe besser noch einmal bei euren Eltern an. Sie werden sich bestimmt schon große Sorgen machen“, sagte sie und begleitete dann den Tierarzt zu seinem Wagen.

„An meine Eltern habe ich gar nicht mehr gedacht“, flüsterte Tami und beobachtete, wie das Fohlen immer wieder ins Stroh kippte.

„Schau mal, jetzt schafft es der Kleine.“

Tatsächlich. Auf einmal stand das Fohlen auf unsicheren, weit gespreizten Beinen und schaute zu seiner Mutter hoch.

„Der Kleine? Woher willst du wissen, dass es nicht eine Kleine ist?“, fragte Tami und beobachtete atemlos die ersten Gehversuche des Fohlens.

Marlon lachte. „Das spürt man eben als frischgebackener Vater.“

Tami holte einen Hocker, der in der Nähe von Zafiras Box herumstand, und ließ sich erschöpft darauf nieder. „Soso. Und was, wenn ich dir sage, dass es sich um keinen starken Sohn, sondern um eine hübsche Tochter handelt?“

„Hm, meinst du? Ich finde, es sieht nach einem gesunden Jungen aus.“

Tami zuckte die Schultern. „Könnte aber auch ein Mädchen sein.“

Von draußen drangen Motorengeräusche und ein wenig später das Zuschlagen von Autotüren zu ihnen. Dann hörten sie Stimmen.

Marlon schaute aus dem Stallfenster „Das ist Herr Kellinghaus.“

„Gott sei Dank haben wir nicht auf ihn gewartet. Wer weiß, was sonst passiert wäre.“

Die Stalltür wurde schwungvoll geöffnet und Marit, gefolgt von ihrem Vater und ihren Brüdern, erschien. „Ist es wahr? Das Fohlen ist da?“, rief sie aufgeregt.

„Ja. Es ist da. Schau mal. Ist es nicht das süßeste Fohlen, das du jemals gesehen hast?“, fragte Tami, die sich bereits hoffnungslos in den kleinen Rappen verliebt hatte.

„Donnerwetter! Das Fohlen sieht ja aus wie

Zafira. Nur in klein." Marit, ihre Brüder und ihr Vater hatten sich um die Box versammelt und begutachteten das neue Pferd im Stall.

„Eine echte Schönheit, wenn du mich fragst", sagte Marits Bruder Lasse.

„Eine hübsche Stute haben wir da bekommen", stellte Herr Kellinghaus mit Kennerblick fest. „Sie wird bestimmt ihrer Mutter große Ehre machen und auch ein erfolgreiches Dressurpferd werden."

„Wie? Eine Stute? Im Ernst? Ich dachte, es wäre ein Junge", sagte Marlon mit gespielter Enttäuschung.

„Ein Hengst, meinst du wohl", verbesserte ihn Marit und zwinkerte ihm zu.

„Wir laden dann mal das Futter aus. Solange der Sturm eine Pause einlegt, müssen wir das ausnutzen", sagte Herr Kellinghaus.

„Muss ich auch mithelfen, Papa?", fragte Marit.

„Nee, Lütte. Du kannst hierbleiben. Kommt mit, Jungs." Marits Vater und ihre Brüder gingen auf den Hof.

„Woher weißt du eigentlich von der Fohlengeburt?", wollte Tami wissen. „Wegen des Unwetters konnten wir euch doch gar nicht Bescheid geben …"

„Aber inzwischen funktioniert alles wieder. Meine Mutter hat uns angerufen und die Neuigkeiten berichtet. Und ihr seid echt bei dem Sturm mit dem Traktor losgezogen?"

Tami und Marlon erzählten die ganze Geschichte, wie sie auf dem Rückweg Zafira auf der Weide entdeckt und zum Stall gebracht hatten, wie plötzlich das Unwetter losgegangen war und bei der Stute die Wehen eingesetzt hatten. Von Zafiras schlimmen Schmerzen, Tamis Befürchtungen und der Fahrt zum Tierarzt. Und wie Doktor Hansen letztendlich dafür gesorgt hatte, dass das Fohlen zur Welt kam.

„Das hört sich fast so dramatisch an wie in einem Film", sagte Marit. „Ich bin so froh, dass am Ende alles gut gegangen ist."

„Was meinst du, wie froh wir erst sind", sagte Marlon und drückte Tamis Hand.

Herr Kellinghaus rief von draußen nach seiner Tochter.

„Ich komme!", rief Marit zurück. „Die Pflicht als Reitstalltochter ruft. Bis später."

Tami und Marlon blieben im Stall zurück.

Ganz allein. Sie setzten sich auf die Futterkiste und beobachteten schweigend Zafira und das Fohlen.

Draußen dämmerte es und die Lichter auf dem Hof leuchteten bereits. Marlon und Tami hielten immer noch Wache vor Zafiras Box. Mit der Nachgeburt war alles problemlos verlaufen, Doktor Hansen hatte kein zweites Mal herkommen müssen.

Sie schreckten auf, als plötzlich die Stalltür quietschte und Marits Vater auftauchte.

„Wir haben mit euren Eltern gesprochen: Ihr dürft noch etwas bei dem Fohlen bleiben.“ In seinen Händen hielt Herr Kellinghaus zwei Wasserflaschen und einen geflochtenen Korb, in dem sich Gläser, belegte Butterbrote, Äpfel und eine Tafel Schokolade befanden. „Hier. Damit ihr uns nicht vom Fleisch fallt.“

„Prima! Ich habe einen riesigen Hunger.“

„Danke. Das ist aber nett“, sagte Tami.

„Da nicht für.“ Herr Kellinghaus stellte die Flaschen und den Korb auf einem Strohballen ab. „Schließlich haben wir zu danken.“

Tami fischte einen roten Apfel aus dem Korb

und biss hinein. „Ach, das war doch selbstverständlich.“

„War wirklich kein großes Ding“, fügte Marlon hinzu.

„Das war es eben doch“, entgegnete Herr Kellinghaus. „Wir mussten uns beim Futtergroßhändler vor dem Sturm in Sicherheit bringen. Und sind erst wieder aufgebrochen, als die größte Gefahr vorüber war. Und ihr? Ihr seid einfach so mit dem Traktor durch den Orkan gefahren.“

„Es blieb uns ja auch nichts anderes übrig“, sagte Marlon zwischen zwei Happen, die er von einem Käsebrot abbiss. „Zafira brauchte eben dringend einen Tierarzt.“

Tami sah Marlon stolz an. „Du musst deinem Opa unbedingt erzählen, in welcher Lebenslage dir das Traktorfahren nützlich gewesen ist.“

„Das werde ich machen.“

„So waghalsig euer Einsatz auch war, er hat wahrscheinlich Zafira und ihrem Fohlen das Leben gerettet. Wir sind euch zu großem Dank verpflichtet. Und deswegen …“ Herr Kellinghaus lächelte Tami geheimnisvoll an. „Könntest du dir vielleicht vorstellen, das Fohlen zu pflegen und ihm auch einen Namen zu geben? Ich meine, traust du dir diese verantwortungsvolle Aufgabe zu?"

Tami strahlte über das ganze Gesicht. „Klar! Natürlich traue ich mir das zu. Gar kein Problem."

„Das dachte ich mir."

„Ich weiß nur nicht, ob meine Eltern mir das erlauben", gab Tami zu bedenken.

„Na, dann wäre das ja geklärt", sagte Marits Vater vergnügt. „Mit deinen Eltern habe ich nämlich schon darüber geredet und sie sind einverstanden."

Tami sprang vor Überraschung auf. „Echt?"

„Na klar. Nachdem ich Ihnen erzählt habe, was du heute geleistet hast, und ihnen erklärt habe, dass ich mir keine bessere Pflegerin vorstellen kann. Da mussten sie ja zustimmen."

„Ich werde eine richtige Fohlenpflegerin!", jubelte Tami und fiel dem überraschten Herrn Kellinghaus um den Hals. „Danke!"

An diesem Abend blieben Tami und Marlon noch lange im Stall. Sie wollten unter keinen Umständen verpassen, wenn das Fohlen seine ersten sicheren Schritte machte.

Tami schaute Marlon an, der immer noch neben ihr auf der Futterkiste saß. „Thunderstorm“, flüsterte sie mit glänzenden Augen.

„Bitte?“

„Thunderstorm. Das ist der einzige Name, der für sie infrage kommt. Immerhin ist sie ein Gewitterfohlen.“

Marlon sah Tami in die Augen. „Oh, Thunderstorm. Das ist wirklich ein sehr schöner Name.“ Dann beugte er sich zu ihr und küsste sie.

Entscheidungen

Ein paar Tage später war das schwere Unwetter fast völlig vergessen. Der Himmel leuchtete unschuldig blau und die Sonne zeigte sich in bester Altweibersommer-Manier. Die Mädchen, Wonzis Gefolge, Alina sowie Marlon trafen sich noch einmal am Strand. Für den alles entscheidenden Wettkampf hatten die Schiedsrichter eine besonders ebene Fläche ausgesucht.

„Heute machen wir den Sieg klar“, erklärte Otto und schaute selbstbewusst in die Runde.

„So wie letztes Mal, ja?“, kommentierte Zoe angriffslustig und verdrehte die Augen.

„Es wird sich heute auf jeden Fall klären, wer die Strandolympiade gewinnt.“ Alina hielt zwei Golfschläger in der einen und einen Ball in der anderen Hand.

Marlon stand ein ganzes Stück entfernt und steckte in zirka zweihundertfünfzig Metern Entfernung eine bunte Fahne in den Sand. Dann winkte er Alina zu.

„Beim letzten Mal gab es ja drei verschiedene Arten von Wettrennen, wobei ihr beim Endergebnis alle gleich gut abgeschnitten habt."

„Pffft!", machte Wonzi. „Gleich gut. Von wegen. War doch alles Schiebung."

„Jetzt halt doch mal die Klappe und lass Alina ausreden", mischte sich Marit ein.

„Danke, Marit. Wie dem auch sei, heute gibt es nur ein Spiel, bei dem es nicht auf Schnelligkeit, sondern auf reines Geschick ankommt. Wir haben sogar richtiges Glück, dass so gut wie kein Wind geht. Jede Mannschaft muss nun einen Teilnehmer bestimmen, der zum Strandgolf antritt."

Die Kinder sahen sich überrascht an. Strandgolf? Das hatte noch keiner von ihnen gespielt. Und wen sollte man dafür auswählen, wenn niemand damit Erfahrung hatte?

„Ich habe mal in den Sommerferien Minigolf gespielt, aber eben kein richtiges Golf", sagte Tami zu Marit.

„Das ist doch super. Dann machst du das“, entschied Marit und sagte zu Alina, ehe ihre Freundin wusste, wie ihr geschah: „Tami tritt für uns an.“

Tami wollte zuerst protestieren, ließ es aber, als sie die erleichterten Blicke von Anneke und Zoe sah. Also hing es nun doch an ihr. Sie allein entschied über Sieg oder Niederlage der Mädchen.

„Dann erkläre ich jetzt die Spielregeln“, fuhr Alina fort. „Es gilt, den Ball mit möglichst wenigen Schlägen in das Loch zu befördern, in dem die bunte Fahne steckt.“ Alina zeigte zu Marlon. „Wenn euer Ball ins Meer rollt, müsst ihr wieder von vorne anfangen. Dabei werden eure Schläge weitergezählt und nicht auf null gesetzt. Habt ihr das verstanden?“

Tami nickte und nahm den Golfschläger entgegen. „Ja.“

„Klar“, sagte auch Wonzi, der für die Jungs an den Start ging.

„Dann losen wir nur noch, wer vorlegen darf.“ Alina fischte eine silberne Münze aus ihrer Hosentasche.

Wonzi bestand darauf, Kopf zu nehmen, was

ihm erneut Zoes Spott einbrachte: „Kopf wie Holzkopf."

Für Tami blieb die Seite der Münze mit der Zahl.

Alina warf die Münze in die Luft. Das silberne Geldstück landete im Sand. „Kopf beginnt." Dann zog sie mit dem Golfschläger eine Markierung in den Sand, bevor sie ihn an Wonzi übergab. „Die Mannschaft mit den wenigsten Schlägen gewinnt", sagte sie noch einmal zur Erinnerung und platzierte den Golfball auf der Linie. „Dann viel Erfolg. Möge das bessere Team gewinnen."

Die anderen traten zurück, damit Wonzi den Ball schlagen konnte. Er holte kraftvoll aus und beförderte ihn in einem hohen Bogen direkt ins Meer. Die Mädchen glucksten.

„Wenn das so weitergeht, gewinnst du das Spiel mit verbundenen Augen", raunte Marit Tami zu.

„Anfängerpech", sagte Mats.

„Das holst du wieder raus", meinte Krusch.

Nur Otto schaute Wonzi mit zusammengekniffenen Augen nach, als der den Ball aus der Brandung fischte.

„Von mir aus kannst du ruhig so weitermachen“, empfing Zoe Wonzi, der nur einen mitleidigen Blick für sie übrighatte.

Der nächste Schlag brachte den Ball in die richtige Richtung und auch die darauffolgenden Schläge ließen ihn seinem Ziel deutlich näher kommen. Beim achten Schlag stand Wonzi nur noch wenige Zentimeter vom Loch entfernt. Er holte leicht aus und lochte den weißen Ball schließlich ein.

Marlon hob zur Bestätigung den Daumen.

„Okay. Das waren acht Schläge für das Team Fußball. Du bist jetzt dran, Tami“, sagte Alina.

„Acht Schläge nur? So wenig? Ob ich das schaffe?“

Anneke klopfte Tami aufmunternd auf die Schulter. „Klar. Du schaffst das. Schließlich hast du doch schon Golf gespielt.“

Minigolf, nicht Golf, wollte Tami erwidern, fand dann aber, dass es genügte, wenn sie sich Sorgen machte. Sie musste nicht auch noch ihre Freundinnen verunsichern. Bloß den Ball nicht ins Meer schlagen, sagte sie sich, als sie mit dem Schläger ausholte und den Ball weit in Marlons Richtung beförderte.

„Wow! Ein sehr guter Schlag. Weiter so, Tami!“, rief Marit ihr begeistert zu.

„Anfängerglück“, grummelte Mats.

„Kann jedem mal passieren“, pflichtete Jonas ihm bei.

Doch Tami schien eine regelrechte Glückssträhne zu haben. Nach dem vierten Schlag landete der Ball bereits in der Nähe des Ziels.

„Jetzt ganz ruhig atmen, Tami. Gleich hast du es geschafft“, machte Marlon ihr Mut und zog die Fahne aus dem Loch. „Du bekommst das hin.“

„Wenn meine Hände nur nicht so zittern würden“, sagte sie und versuchte sich darauf zu konzentrieren, den Ball zu treffen. Sie holte ein paarmal mit dem Schläger probeweise aus und tippte den Ball dann leicht an. Nur wenige Zentimeter rollte er am Loch vorbei.

„Verflixt!“

„Der Sand ist hier etwas uneben. Das war erst dein fünfter Schlag. Du hast noch zwei, Tami. Kein Grund zur Sorge. Die Jungs waren beim sechsten Schlag noch viel weiter vom Loch entfernt“, beruhigte Marlon sie.

Tami konzentrierte sich erneut und setzte zum sechsten Schlag an. „Oh nein!“ Wieder ging der

Ball knapp vorbei. „Das darf doch nicht wahr sein!“

„Aber jetzt, Tami. Du packst das“, feuerte Marlon sie an. „Jetzt machst du ihn rein.“

Tami schaute zu ihren Freundinnen hinüber, die lange Hälse machten, um aus der Entfernung etwas sehen zu können. Sie durfte sie nicht enttäuschen. Sie musste die Ehre der Reitklasse retten. Eine Woge Adrenalin schoss durch ihren Körper. Tami konnte den Jungs doch nicht einfach den Sieg und damit die Muschelkiste überlassen! Nein, auf gar keinen Fall!

Sie zielte, der Ball rollte über den Sand und verschwand im Loch.

Marlon riss ihren Arm hoch. „Hurra! Du hast es geschafft!“

Tami schaute verdutzt in das Loch. Sie hatte gewonnen. Und die Jungs verloren. Die Muschelkiste gehörte endlich den Mädchen!

Noch am selben Abend rief Tami Jessy an und erzählte ihr im Schnelldurchgang, was sich alles in den letzten Tagen ereignet hatte.

„Weißt du eigentlich schon, ob du endlich ins Nordlicht kommst?“, fragte Tami schließlich, nachdem sie ausgiebig von der Fohlengeburt und insbesondere der Strandolympiade erzählt hatte – schließlich war der Wettkampf Jessys Idee gewesen.

Jessy seufzte und druckste etwas herum. „Ich weiß jetzt gar nicht, wie ich die Frage beantworten soll. Vielleicht sage ich am besten einfach, wie es ist: Also meine Eltern waren zwar sehr begeistert vom Nordlicht und so. Aber sie haben gemeint, dass sie mich erst einmal nicht anmelden, weil ich viel zu jung bin, um auf ein Internat zu gehen, das so weit von zu Hause entfernt ist."

„Oh nein!", rief Tami entsetzt und ließ sich auf ihr Bett fallen. Das waren nicht die Neuigkeiten, mit denen sie gerechnet hatte.

„Oh doch. Daran konnte auch dein Direx nichts ändern, als er erzählt hat, dass sogar schon Kinder das Nordlicht besuchen, die gerade in die erste Klasse gehen."

„Dann kommst du also wirklich nicht?", fragte Tami enttäuscht nach.

„Leider nein."

Als Jessys Mutter zum Abendessen rief, beendete Tami bedrückt das Telefonat.

„Das ist doch ungerecht", sagte sie laut und

warf ein Kissen an die Wand. Sie spürte, wie sich das schlechte Gewissen in ihr breitmachte. In ihrem Leben lief alles wunderbar. Sie hatte tolle Freundinnen, durfte zum Nordlicht gehen, durfte das Fohlen Thunderstorm betreuen und war nun sogar mit Marlon, dem süßesten Jungen von ganz Tidelund, zusammen. Sie war wunschlos glücklich, bei ihr lief alles rund. Und ihrer Freundin Jessy wurde der Wunsch, am Nordlicht zur Schule zu gehen, nicht erfüllt. Das war so unfair!

Tami schaute auf das bunte Hufeisen, das an ihrer Zimmerwand hing. Sie hatte es zu ihrem letzten Geburtstag geschenkt bekommen. Damals hatte es bei ihr ähnlich hoffnungslos ausgesehen wie jetzt bei Jessy. Doch am Ende waren all ihre Träume wahr geworden.

Tamis Oma hätte jetzt gesagt, dass man für die wichtigen Dinge im Leben manchmal kämpfen musste. Das hatte sie häufig zu Tami gesagt, als es darum ging, gute Noten zu schreiben. Oftmals hatte Tami nämlich keine Lust gehabt, Vokabeln oder Gedichte auswendig zu lernen, doch dann hat ihr Oma wieder ins Gedächtnis gerufen, warum sie sich durch den Schulstoff kämpfen sollte.

Bestimmt hatte Jessy auch alles gegeben, um

ihre Eltern vom Gegenteil zu überzeugen. Sie konnte ja nichts dafür, dass sie keine Oma hatte, die ihr Mut machte, nicht aufzugeben. Aber … vielleicht brauchte sie so eine Oma auch gar nicht. Vielleicht reichte auch eine gute Freundin aus, die sich für sie einsetzte!

Jessy hatte Tami mal erzählt, dass ihre Mutter einen Bürojob bei einer Druckerei hatte und dort neue Mitarbeiter einstellte. Tami setzte sich an ihren Computer und öffnete die Webseite mit der Suchmaschine. Dann gab sie die Begriffe *Druckerei* und Jessys Nachnamen *Sommerfeld* ein – und landete einen Volltreffer. Sie klickte auf die Homepage der Druckerei und entdeckte die E-Mail-Adresse von Frau Sommerfeld. Als Nächstes machte sie sich daran, eine E-Mail zu verfassen:

Hallo, Frau Sommerfeld,

ich weiß nicht, ob Sie sich noch an mich erinnern können: Ich bin Tami. Jessys Freundin, die in Tidelund wohnt und auf das Internat Nordlicht geht. Wir haben uns kurz gesehen, als Sie sich die Schule angeschaut haben.

Sicherlich wundern Sie sich, warum ich Ihnen schreibe.

Für eine Stelle möchte ich mich auf jeden Fall nicht bei Ihnen bewerben. Dafür bin ich ja auch noch viel zu jung. Außerdem möchte ich später auch lieber etwas mit Pferden machen und nicht in einer Druckerei arbeiten.

Aber trotzdem ist das hier eine Art Bewerbung. Ich will für das Nordlicht werben und Ihnen erklären, warum Sie bitte Jessy dorthin schicken sollen.

Ich könnte Ihnen nun ganz viel vom Internat und Tidelund vorschwärmen und immer wieder sagen, dass Jessy unbedingt zu uns kommen muss. Aber Worte reichen manchmal nicht aus und bestimmt hat Jessy Ihnen auch schon ganz viel erzählt. Deswegen habe ich Ihnen einfach mal ein paar Fotos an die E-Mail gehängt, die Sie wahrscheinlich noch nicht kennen. Manchmal sagen Bilder ja mehr als Worte.

Sie zeigen Jessy in den letzten Reiterferien. Ich finde, Jessy sieht auf den Fotos sehr, sehr glücklich aus.

Ich weiß, Sie haben sich das Nordlicht schon angesehen und auch mit dem Direktor gesprochen. Aber bitte schauen Sie sich noch einmal diese Bilder an. Vielleicht verstehen Sie dann, warum Jessy so gern aufs Nordlicht gehen möchte, und ändern Ihre Meinung dann.

Viele liebe Grüße aus Tidelund
Tami

Prüfungsfieber

Noch am Vortag hätte Tami es nicht für möglich gehalten, doch sie hatte tatsächlich das gesamte Heft für ihre Reitabzeichen-Prüfung auswendig gelernt. Mit dem Körperbau des Pferdes stand sie zwar nach wie vor auf dem Kriegsfuß, hatte es aber in der Theoriestunde immerhin geschafft, alle Begriffe fehlerfrei zu nennen und zuzuordnen.

Nun stand Tami frisch geduscht in ihrem Zimmer. Mit einem Kamm versuchte sie ihre Haare zu entwirren, ohne sich dabei die Hälfte rauszureißen. Sie hatte zwar die ganze Nacht kein Auge zugemacht, fühlte sich aber trotzdem hellwach. So war es bei ihr immer vor Prüfungen.

Auf dem Schreibtisch lag neben dem Notebook der aufgeschlagene Ordner mit den Prüfungsfragen und daneben ihre weißen Handschuhe. Am Kleiderschrank hingen eine cremefarbene Reithose, eine weiße Turnierbluse mit Plastron sowie ein schwarzes Reitjacket. Zur Feier des Tages hatte Tami sich richtige Turnierbekleidung ausgeliehen.

Nachdem sie ihre Haare halbwegs gebändigt hatte, verstaute Tami die Sachen in einem Kleidersack, damit sie nicht dreckig wurde, bevor sie sich auf dem Reiterhof umziehen konnte. Danach schaute sie erneut in den Spiegel, um ihre Haare noch einmal zu überprüfen. Ihr Gesicht schimmerte rosig und die Sommersprossen verliehen ihrem Aussehen etwas Selbstbewusstes und Siegessicheres. Wenn nun auch noch der Tag so verlief, musste sie sich keinerlei Sorgen machen.

Tami ließ sich auf den Stuhl vor ihrem Schreibtisch fallen und loggte sich in ihr E-Mail-Postfach ein. Sie hatte insgeheim darauf gehofft, von Frau Sommerfeld eine Antwort zu bekommen. Doch bis jetzt war nichts angekommen. Vielleicht hatte Jessys Mutter auch einfach bloß viel zu tun und war deswegen noch nicht dazu gekommen, an sie zu schreiben.

Um ihre langsam aufsteigende Nervosität vor

der theoretischen Prüfung zu bekämpfen, rief Tami eine Übungsseite im Internet auf. Dort klickte sie auf den Zufallsgenerator, der ihr zehn Prüfungsfragen rund um das Reitabzeichen stellte und jeweils drei Antwortmöglichkeiten anzeigte.

1. Was sind Bahnfiguren?

Das war leicht. Tami klickte *Vorgeschriebene Wege in der Reitbahn* an.

2. Was bedeutet es, wenn das Pferd sein Maul aufreißt und dabei die Ohren anlegt?

Auch das wusste sie, musste allerdings schmunzeln, als sie die zweite Antwortmöglichkeit las: *Das Pferd ist einfach müde und muss gähnen.* Richtig war natürlich: *Das Pferd ist schlecht gelaunt und könnte beißen oder treten.*

3. Wie kann ein Mensch das Vertrauen eines Pferdes gewinnen?

Das konnte nur Antwort Nummer eins sein: *Einfühlsam sein, stets die Ruhe bewahren, es loben, aber auch gleichzeitig konsequent sein.*

Nun wurden die Fragen allerdings etwas schwieriger.

4. Wie wird die richtige Gebissbreite festgestellt?

Tami überlegte kurz. Sie konnte sich nicht daran erinnern, dass sie diese Frage in der Theoriestunde besprochen hatten. Sie schwankte zwischen zwei Antwortmöglichkeiten, konnte sich aber daran erinnern, dass Dimplex einmal aufgescheuerte Maulwinkel gehabt hatte, weil ihm ein Gebiss nicht gepasst hatte. Deswegen entschied sie sich für: *Sind die Maulwinkel wund, ist das Gebiss zu eng.*

Doch die Auswahl war falsch. Mist! Tami ärgerte sich, dass sie auf die Antwort mit den wunden Maulwinkeln reingefallen war. Schließlich sollte man es gar nicht erst so weit kommen lassen und vorab die richtige Größe bestimmen.

Frage Nummer 5 hingegen hatten sie mehrmals mit Frau Kellinghaus in der Theoriestunde besprochen:

5. Wie viele Atemzüge macht ein erwachsenes Pferd pro Minute im Ruhezustand?

„Sechs bis sechzehn“, sagte Tami und setzte ein Häkchen. Die Antwort wurde als richtig angezeigt, doch bevor Tami die sechste Frage aufrufen konnte, vibrierte ihr Handy.

Sie hatte eine Nachricht von Jessy bekommen. Möglicherweise hatte sie geschrieben, weil ihre

Mutter Tamis E-Mail bekommen hatte? Aufgeregt öffnete Tami die Mitteilung.

Ich wollte dir viel Glück für die Prüfung wünschen. Ab wann soll ich die Daumen drücken?

Hey! Danke! Daumendrücken bitte ab 11 Uhr! :-), schrieb Tami zurück.

„Tami! Es ist gleich neun. Musst du nicht langsam los?“, rief ihre Mutter von unten. „Ich kann dich eben zur Reitschule fahren, wenn du willst.“

Tami schaute auf die Uhr. Sie musste sich wirklich beeilen. „Ja! Ich komme sofort! Muss nur noch kurz ins Bad“, antwortete sie und fuhr das Notebook herunter. Dann föhnte sie schnell ihre Haare und band sie zu einem Zopf. Danach schnappte sie sich die Handschuhe, den Kleidersack und einen Parka und flitzte die Treppe hinunter. „Ich habe gerade noch einen Online-Test mit Fragen für die Prüfung gemacht.“

Ihre Mutter wartete bereits fertig angezogen an der Haustür auf sie. „Und, wie ist es gelaufen? Waren alle deine Antworten richtig? Reich mir mal den Kleidersack und die Handschuhe.“

Tami übergab die Sachen an ihre Mutter und schlüpfte in die Jacke. „Fast. Eine Frage von fünf hatte ich falsch.“

„Ach, das ist doch ein guter Schnitt. Damit dürftest du die Prüfung bestehen." Tamis Mutter legte den Kleidersack auf die Rückbank des Autos, während ihre Tochter auf dem Beifahrersitz Platz nahm. Ihr Handy vibrierte erneut.

Wird gemacht. Dann bis später!

Tami las Jessys Nachricht und runzelte die Stirn. Kein Wort über die E-Mail an ihre Mutter. Das konnte nur bedeuten, dass Frau Sommerfeld sie noch nicht gelesen hatte.

„Schlechte Nachrichten?", fragte ihre Mutter und bog auf die Landstraße.

„Äh … nein. Jessy hat nur geschrieben und mir viel Glück gewünscht."

Als wenig später der Wagen von Familie Claasen in die Einfahrt des Reiterhofs einbog, herrschte dort bereits Hochbetrieb. Zahlreiche Pferdetransporter parkten eng beieinander vor dem Außenreitplatz. Zur Prüfung für das Reitabzeichen konnten sich auch externe Reiter anmelden, die keine Schüler am Nordlicht waren.

Der Hof war blitzblank gefegt und vor der Scheune luden Bänke und Tische zum Ausruhen ein. Neben dem Gerätehaus stand ein Wagen, wo die Gäste Getränke kaufen konnten, und daneben hatte Familie Kellinghaus ein kaltes Büfett, bestehend aus belegten Brötchen und selbst gemachten Kuchen, aufgebaut.

Die Hindernisse waren neu gestrichen, Blumenkübel frisch bepflanzt, und vor der Reithalle prangte ein Hinweisschild, auf dem *Herzlich willkommen auf dem Hof Kellinghaus zur Prüfung für das Reitabzeichen, Theorie 11 Uhr, Praxis 12.30 Uhr* geschrieben stand.

„Viel Glück, meine Kleine. Du schaffst das schon." Tamis Mutter drückte ihrer Tochter einen Kuss auf die Stirn. Sie musste wieder zurück zur Konditorei. „Papa, Oma, Tante Inge, Peer und ich kommen dann später."

„Okay. Bis nachher dann!" Tami stieg aus und warf sich den Kleidersack über den Arm. Sie blickte sich um, ob sie irgendwo ihre Freundinnen entdecken konnte. Doch keins der Mädchen war zu sehen. Also führte sie ihr erster Weg zu Filous Box, um nachzuschauen, ob die eingeflochtene Mähne vom Vortag gehalten hatte oder ob sie einzelne Zöpfchen noch einmal neu binden musste. Tami hatte Glück, weder hatte sich die Mähne gelöst noch hatte sich Filou über Nacht in

Pferdemist gewälzt. Es würde genügen, wenn sie ihn vor der Prüfung kurz überputzte.

Dann lief sie schnell zur Eckbox von Zafira und Thunderstorm, um beide zu begrüßen. Mutter und Tochter waren wohlauf und schauten Tami erwartungsfroh an, als sie die Box betrat. Sie verwöhnte die Pferde mit ein paar Streicheleinheiten, musste sich aber bald schon wieder von ihnen losreißen, damit sie pünktlich fertig wurde.

Als sie den Kleidersack in ihren Spind hängen wollte, traf Tami auf Marit, Anneke und Zoe, die ebenfalls mit den Vorbereitungen für die praktische Prüfung beschäftigt waren. Zoe polierte einen Sattel und Anneke suchte ihr Huffett. „Ach, hier seid ihr."

„Moin, Tami!" Zoe, die eine bekennende Langschläferin war, gähnte.

„Kinder, ich bin so aufgeregt, ich weiß schon gar nicht mehr, wie man das Wort Pferd richtig schreibt", jammerte Anneke.

Tami schloss die Spindtür. „Und ich erst! Ich konnte die ganze Nacht nicht schlafen und bin jetzt schon ein einziges Nervenwrack."

„Macht euch nicht verrückt", sagte Zoe.

„Genau. Ihr beide seid total gut. Wäre das nicht der Fall, hätte meine Mutter euch gar nicht zur Prüfung angemeldet“, meinte Marit.

Tami seufzte. „Das hoffe ich. Stark sogar.“

Die Zeit bis zur theoretischen Prüfung verging wie im Flug, und ehe sich Tami versah, saß sie schon mit mehr als zwanzig Reitern in dem Raum neben der Reithalle. Die Dame von der Prüfungskommission sah mit ihren zurückgekämmten Haaren ziemlich streng aus. Sie begrüßte die Prüflinge förmlich und teilte dann die Blätter mit den Fragen aus.

Die meisten Antworten wusste sie auf Anhieb, stellte Tami erleichtert fest. Bloß bei einer Frage war sie sich unsicher.

Zum Ende hin überflog Tami noch einmal ihre gesamten Antworten und dann war auch schon die Bearbeitungszeit abgelaufen.

Anschließend ging es wieder in den Stall, wo die Pferde auf Hochglanz geputzt und schließlich gesattelt wurden.

Nachdem Tami Filou für die praktische Prüfung vorbereitet hatte, flitzte sie zu ihrem Spind, nahm den Kleidersack heraus und zog sich in

Windeseile um. In einem staubigen Spiegel in der Sattelkammer überprüfte sie ein letztes Mal ihr Aussehen. In der Turnierkleidung sah sie wie eine routinierte Reiterin aus, die schon viele Reitprüfungen absolviert hatte. Kleider machten eben doch Leute.

Die Prüflinge stellten sich nun mit ihren Pferden vor der Reithalle auf, wo sie von Frau Kellinghaus und ihrem Mann begrüßt wurden und Startnummern erhielten. Insgesamt gingen vier Abteilungen an den Start.

Aus dem Innern der Halle konnten sie lautes Stimmengewirr hören. Die Besuchertribüne war bis auf den letzten Platz belegt. Tami spürte, wie ihr Puls sich langsam beschleunigte. Bald war es so weit. Jetzt gab es kein Zurück mehr.

„Mist! Dimpi hat auf meine Turnierreithose gesabbert. Das hat mir gerade noch gefehlt!“, stöhnte Anneke, deren Nerven ebenfalls angespannt waren. „Hat mal jemand ein Taschentuch?“

„Ich hol dir schnell einen nassen Lappen“, sagte eine jüngere Schülerin und verschwand in Richtung Stall.

„Zur Prüfung für das Reitabzeichen geht jetzt bitte die erste Abteilung mit den Nummern eins bis sechs in die Halle“, rief Marits Mutter.

„Puh! Jetzt wird’s ernst. Mir schlottern ziemlich die Knie“, meinte Tami zu Marit, die genau wie sie in der ersten Abteilung mitritt, der aber der ganze Rummel überhaupt nichts auszumachen schien. Tami beneidete ihre Freundin um ihre innere Ruhe.

„Das schaffen wir!“, sagte Marit voller Überzeugung und führte dann Peppino in die Halle.

Tami folgte ihr und schaute beim Betreten der Halle zur Tribüne, wo sie ihre Familie und auch Marlon entdeckte. Er lächelte ihr zu und zeigte seine gedrückten Daumen.

Die Prüflinge stellten sich mit den Pferden in Reih und Glied auf die Mittellinie und saßen auf. Was folgte, war im Grunde nichts anderes als die Übungen, die Tami aus jeder Reitstunde kannte. Die Abteilung ritt in allen Gangarten hintereinanderher, der vordere Reiter ritt im Einzelgalopp, bis er das Ende der Abteilung erreicht hatte, und am Schluss musste jeder Teilnehmer über ein kleines Hindernis springen. Kurz bevor Tami an der Reihe war, krampften sich ihre Hände um die Zügel. Als sie angaloppierte, klopfte ihr Herz bis zum Hals, und sie hoffte, dass sich ihre eigene Aufregung nicht auf das Pony übertrug. Aber Filou dachte gar nicht daran, sich aus der Ruhe bringen zu lassen, dafür war er ein viel zu erfahrenes Schulpferd. Er trug seine Reiterin so selbstverständlich über das Hindernis, als würden sie das schon seit Jahren machen.

Und dann war die Prüfung auch schon zu Ende. Die Reiter stellten sich wieder auf der Mittellinie auf und saßen ab. Tamis Beine fühlten sich wie Gummi an, und sie war froh, sich an Filous Zügeln festhalten zu können. Nacheinander marschierten sie aus der Halle.

Tami schaute noch einmal zur Tribüne, ob sie Marlon oder jemanden von ihrer Familie entdeckte. Während der Prüfung hatte sie die Zuschauer komplett vergessen. Ihr Blick schweifte über die vielen Menschen und blieb an einem Gesicht hängen, das ihr bekannt vorkam.

„Das hast du ganz toll gemacht, Tami", sprach Frau Kellinghaus sie von der Seite an.

Tami drehte den Kopf. „Entschuldigung, was haben Sie gesagt?"

„Die Prüfung ist bei dir sehr gut gelaufen. Ich

bin stolz auf dich.“ Frau Kellinghaus legte ihr eine Hand auf die Schulter.

„Danke“, sagte Tami und führte Filou weiter. Sie sah wieder zur Tribüne, konnte das Gesicht aber nicht wiederfinden. Wahrscheinlich hatte sie sich bloß verguckt.

Bestandene Prüfungen

Die Prüfungsergebnisse wurden in der kleinen Reithalle verkündet. Nach der feierlichen Übergabe der Reitabzeichen sollte dort im Anschluss eine Disco stattfinden, bei der Tamis Bruder Peer als DJ auflegte.

An der Bande war ein langer Tisch aufgebaut, hinter dem die Prüfer saßen und die Prüfungsbögen sowie den praktischen Teil auswerteten. In der Mitte hatten sich die Prüflinge versammelt und am äußeren Rand der Halle warteten Eltern, Tanten, Onkel, Großeltern, Geschwister und Freunde. Sie alle fieberten der Bekanntgabe der Ergebnisse entgegen. Sogar Wonzi und seine nervigen Jungs hatten sich in die Halle verirrt, obwohl sie sich ja eigentlich gar nicht für Pferde interessierten.

Ein Mikrofon quietschte, und dann erklang die Stimme eines Mannes mit Vollbart, der zur Prüfungskommission gehörte. „Wir teilen nun die Ergebnisse in alphabetischer Reihenfolge mit. Die Prüfung bestanden hat Malin Ackermann. Herzlichen Glückwunsch." Die umstehenden Leute applaudierten begeistert. Der Mann schüttelte einem zierlichen Mädchen mit langem blondem Pferdeschwanz die Hand und überreichte ihr eine Nadel und die ausgestellte Urkunde. „Weiter geht es. Bestanden hat auch Tami Claasen."

Ehe Tami verstand, wie ihr geschah, fiel Marit ihrer Freundin um den Hals. „Ich wusste es doch! Ich habe es von Anfang an gesagt. Glückwunsch, Tami!"

„Wie?" Tami schaute verwirrt über Marits Schulter. „Was?"

„Herzlichen Glückwunsch, du hast bestanden", sagte Anneke und drückte sie an sich.

„Und noch mal für die ganz Langsamen unter uns: BE-STAN-DEN", witzelte Zoe und knuffte Tami in die Seite. „Na los. Hol dir den Wisch ab."

Als Tami zu dem Mann der Prüfungskommission lief, brandete Applaus auf.

„Bravo!" Das war Marlon.

Anscheinend war sie wirklich ganz gut geritten und die Fragen hatte sie auch richtig beantwortet.

„Herzlichen Glückwunsch, Tami“, sagte der bärtige Mann und überreichte ihr eine Nadel samt Urkunde.

Nach der Siegerehrung nahm Tami unzählige Gratulationen entgegen und der Schulfotograf machte ein Gruppenfoto der Prüflinge. Alle hatten bestanden.

Herr und Frau Claasen traten zu Tami und umarmten sie.

„Das hast du wirklich wunderbar gemacht. Aber ich wusste es ja von Anfang an. Du bist eben unsere Tochter“, sagte ihr Vater stolz, der zur Feier des Tages ein Sakko zu seiner Jeans trug.

Tante Inge und Oma nahmen sie ebenfalls in den Arm und Peer zeigte seiner Schwester den erhobenen Daumen.

„Möchtest du etwas trinken, Tami?“, fragte ihre Mutter. „Du musst ja schon ganz ausgetrocknet sein.“

„Oh ja. Eine Apfelschorle, bitte.“

„Kommt sofort.“ Ihr Vater verschwand in Richtung Getränkewagen, vor dem sich eine beachtliche Schlange gebildet hatte.

„Ach, da fällt mir ein, hast du eigentlich schon deiner Freundin Jessy Bescheid gesagt, dass du bestanden hast?“, fragte ihre Mutter.

Tami schüttelte den Kopf. „Nein. Ich habe mein Handy auch gar nicht hier. Das muss ich im Auto liegen gelassen haben.“

Ihre Mutter lächelte nur und zog ein Mobiltelefon mit einer pinkfarbenen Schutzhülle aus ihrer Handtasche.

„Du denkst aber auch an alles.“ Tami gab ihr einen Kuss auf die Wange und schrieb Jessy eine Nachricht.

Hi, Jessy! Du wirst es nicht glauben, aber ich habe die Prüfung für das Reitabzeichen BESTANDEN!!!!

Jessys Antwort folgte sogleich: *War mir ja von Anfang klar. Das Turnieroutfit steht dir übrigens total gut! ;-)*

Tami kräuselte die Stirn. Was meinte Jessy? Das konnte sie doch gar nicht wissen. Oder war Jessy etwa hier? Tami drehte sich im Kreis und schaute sich um.

In diesem Moment stürmte Marlon auf sie zu,

hob sie hoch und wirbelte sie herum. „Herzlichen Glückwunsch! Ich suche dich schon überall. Bei den vielen Menschen findet man ja keinen."

Einige Lichtspots leuchteten auf und Musik setzte ein. Peer legte hinter einem selbst gebauten DJ-Pult die neuesten Hits auf. Die ersten Tanzwütigen bewegten sich auf der Tanzfläche, und sogar der Mann von der Prüfungskommission wippte im Takt mit, während er umständlich an einem Brötchen kaute.

„Aber jetzt hast du mich ja gefunden!", rief Tami gegen die lauten Bässe an.

Marlon lachte. „Ein Glück! Ich muss dir ja schließlich noch standesgemäß gratulieren." Dann beugte er sich vor und seine Lippen berührten Tamis.

„Und wer küsst mich?", erklang plötzlich eine bekannte Stimme neben ihnen.

„Jessy!", keuchte Tami und wusste gar nicht, wie ihr geschah, als ihre Freundin ihr in die Arme fiel. Tami schaute sie verdattert an. „Was machst du denn hier?"

Jessy zuckte die Schultern. „Na ja, ich gehe hier bald zur Schule, und da dachte ich mir, dass ich dann auch mitfeiern kann."

Tami riss die Augen auf. „Was? Ich meine, wieso? Und überhaupt?“

„Tja, es gibt da eine verdammt gute Freundin, die meiner Mutter eine E-Mail mit Fotos geschickt hat. Die Bilder haben ganz schön Eindruck auf meine Eltern gemacht. Und hier bin ich nun.“ Jessy strahlte wie ein Honigkuchenpferd.

„Und du hast mir nichts verraten“, sagte Tami und tat eingeschnappt.

„Dafür freust du dich doch jetzt umso mehr.“

„Absolut! Ich kann es noch gar nicht fassen! Ich freue mich so sehr für dich!“, sagte Tami und umarmte ihre Freundin.

„Und ich mich für dich“, sagte Jessy und grinste den Jungen mit dem sonnengebleichten Haar an, der neben Tami stand. „Du musst der berühmte Marlon sein.“

Tanja Janz wäre im Alter von elf Jahren am liebsten auf den Heuboden eines Reiterhofs gezogen und träumte schon damals von einem eigenen Pferd. Außerdem wollte sie schon als Kind unbedingt Schriftstellerin werden. Nach Abitur und Studium entschied sie eines Tages, all die Geschichten, die sich in ihrem Kopf eingenistet hatten, aufzuschreiben. Seitdem schreibt sie, und schreibt und schreibt. Und am liebsten natürlich Pferdebücher.

Noch mehr Pferdespaß

ISBN: 978-3-7855-6290-1

ISBN: 978-3-7855-6761-6

ISBN: 978-3-7855-6780-7

ISBN: 978-3-7855-7078-4

ISBN: 978-3-7855-7223-8

ISBN: 978-3-7855-7637-3

ISBN: 978-3-7855-7336-5

ISBN: 978-3-7855-7425-6

ISBN: 978-3-7855-7754-7

Loewe